ちくま文庫

飛田残月

黒岩重吾

筑摩書房

目次

飛田残月

飛田残月

私は西成（にしなり）に住んでいた頃、旅館を転々としていた。先日某社の雑誌に随筆を書くために飛田（とびた）界隈（かいわい）を訪れた。私が一時住んでいた松田町のアパートはまだ健在だが、松田町は天下茶屋東一丁目と変っていた。東田町も太子×丁目になっている。折角由緒のある名前が変るのは惜しい。旧東田町の若柳旅館を訪れてみると、玄関のドアに、病気療養中のため営業をしていない旨の貼り紙があった。若柳旅館のおかみには、色々と世話になったし、貼り紙を見て心が痛んだ。飛田界隈に住んでいた頃のことは大抵（たいてい）小説に書いているが、まだ書いていないエピソードも残っている。

若柳旅館を出ると飛田商店街である。地下鉄の動物園前から、旧飛田遊廓の大門通りまで続いている長い商店街だ。旧飛田遊廓の近くに黒板塀の古びた旅館があった。昭和三十三年に売防法が施行されてから、私は一時期その旅館に二週間ばかり泊ったことがあった。玄関の戸を開けると左側に下駄箱が置かれているのが印象的だった。玄関の間は狭く正面に階段があった。

私が何故その旅館に泊ったかというと、昭和三十一年頃、一人の娼婦と親しくなり、その旅館で休憩したことがあったからである。

娼婦の名前は忘れたが、顔に青い蛇の形をした痣があったので、彼女のことは良く覚えているのだ。ここでは芳子としておく。

私が芳子と会ったのは、飛田商店街から山王町に通じる狭い路地のような道に建っていた旅館であった。その旅館は今はなくなっているが、当時は娼婦が集まるので有名だった。私はその頃占い商売にも飽き、夕刊新聞のコントや、大阪の雑誌に雑文を書き、生活していた。あの当時で、月収二万ぐらいはあったような気がする。その旅館に集まる娼婦の枕代は、一時間で千五百円から三千円というところだった。旅館のおかみは色が黒くたくましかった。旅館の亭主はかつて芸人だったらしいが、その当時はおかみのひもになり、何時も帳場の横の小部屋で寝転んでいた。酒好きで一升瓶を放したことがない。

もう六十近かったが、酒やけした斑点のある顔の何処かに往年の面影を残していた。私は旅館の亭主から、コントのネタを良く貰ったものだ。本当か嘘か知らないが地方巡業の時は女に持て、一晩に三人もの女と遊んだことがある、と得々と喋った。そんな時の亭主は威勢が良く、濁った眼に活々とした光が宿るのだった。当時の亭主は過ぎし日の思い出だけに縋って生きていたのかもしれない。だが、そんな亭主の思い出話を聴く人間といえば、私ぐらいしか居ない。だから亭主は私が訪れると、何時も部屋に呼び、私と話をしたがった。旅館のおかみは余り良い顔をしなかった。私が行くと亭主の酒の量が増えるからである。亭主は何時もおかみの尻に敷かれていたが、私が居ると味方が来たように威勢が良くなり、おかみに、酒を買って来い、と大声で命令したりする。おかみが文句をいうと、

「わしに惚れて、追い掛け廻した昔を忘れやがったのか、お前より好い女が沢山居ったんや、鏡で面を見直せ、わしの女房になる面か！」

と怒鳴ったりする。

だがそんな時でも唇の端からは涎が流れ、舌がもつれて何となく不様だった。おかみは、

「阿呆、あんたこそ鏡を見たらええ、蝦蟇の油と同じや、よう卒倒せんことや、蝦蟇はな、まだ油を流すけど、もう油もないやないか」

負けずにいい返すのだ。

ただ、おかみはぶつぶついいながらも、一人居る女中に酒を買いにやらした。本気になって擲り合ったなら、おかみの方が強そうだった。

亭主は軽い卒中で、少しだが身体が不自由だったからである。だが別れないところを見ると、亭主はおかみにとっては、分身になっていたからであろう。怒鳴り合うことによって、この夫婦はお互いの存在を、夫婦であることを確認していたのかもしれない。

秋の或日、大阪で発行している雑誌社から原稿料が送られて来た。短編小説を書いたのだが、その雑誌社は潰れかけ寸前で、私は原稿料は諦めていた。原稿料は一万円近く

あった。私は一升瓶を持って、その旅館を訪れたのである。帳場のおかみは、私がさげている一升瓶を見たにも拘らず機嫌が悪かった。私は一升瓶をおかみの前に突き出して、おやっさん居るか？　と訊いた。おかみは顎をしゃくると、

「来客中やで」

といった。

私の一升瓶を見た亭主は、多分相好を崩して喜ぶ筈だった。私はそんな亭主の顔を楽しみにやって来たのである。私が肩をすくめて帰ろうとすると、おかみが私を呼び止めた。

「まあ、入ってみたらええがな」

とおかみは吐き出すようにいった。

襖が閉まっていて、亭主の声と女の声がした。珍しく亭主は楽しそうに笑っていた。私はおかみの不機嫌な顔を思い出し、入って良いものかどうか迷っていると、中から亭主が、

「こら、盗み聴きするなよ！」

と怒鳴った。どうやら、私をおかみと間違えたらしかった。

私が慌てて、俺や、というと亭主は、

「何や、立っとらんと入れ、遠慮せんでええ」

と酒がかなり入った声が聞えて来た。

卓袱台(ちゃぶだい)をはさみ、亭主と髪を上で丸めた女が向い合って坐っていた。亭主の顔はゆるみ、シャツの胸ボタンがはずれていた。女は赤い化繊のツーピースを着ているが、私の方に背を見せているので、顔は分らない。肩幅の広い女だった。髪の具合で水商売の女であることは想像がついた。私は亭主と女の間に腰を下ろしたが、彼女の顔を見て、あっ、と息を呑んだ。左頰に蛇に似た青い痣(あざ)がついていたのである。入墨したような感じで、私は思わず視線を背けた。私はそんな自分に自己嫌悪を覚え、一升瓶を勢い良く卓袱台に置いた。亭主は、酒が切れ掛っていたところだといい、大喜びで一升瓶の王冠を取った。

その痣のある女が芳子だったのである。芳子は三十半ばで肉付きの良い身体だった。ただ鼻は低く鼻翼と頰が張り、痣がなくても美人とは縁遠い容貌である。彼女の取り柄は肌がなめらかなことだった。

「黒さん、わしの昔の友達や、長い間兵庫県の山奥に引っ込んどったんやけど、また出て来よった、というより逃げ出して来よったんや。芳子、黒さんはなあ、わしの飲み友達や、わしの勘ではな、学のある人やで、だから、わしは黒さんを、この部屋に入れてるんや」

亭主はそんな風に紹介し、私を赤面させた。私は亭主に学があるなどといったことはなかった。株屋に居て失敗したので、家にも帰れず、この辺りの旅館を転々としている、と話していたのだ。ただ嬉しかったのは、亭主が私を信頼してくれていることだった。

亭主の口からそんな言葉を聞いたのは初めてだった。

芳子は黙って頭を下げた。私は一杯だけ飲むと、また来るといってアパートに帰った。私が居ては、亭主と芳子の雰囲気が何となく気不味（きまず）くなりそうな気がしたからである。

数日後、私は亭主から芳子の身上話を聴いた。芳子は兵庫県の山奥の地主の娘だった。顔の痣は生れながらのもので、なかなか縁談が纏まらない。亭主が芳子を知ったのは、昭和二十年代の半ばで、最後の巡業の時だった。

その時、芳子はもう三十になっていた。亭主が属していた旅芸人の一座は借金だらけで、解散直前だったのである。

亭主は芳子の家が山持ちなのを知り、芳子に手をつけたのである。勿論金のためだった。顔の痣のため薄暗い部屋の中では無気味な感じがしたが、明りを消してしまうと、芳子の身体は柔らかく艶があった。女遊びばかりを続けて来た亭主が、驚いたほど素晴しい身体だった。亭主は涎を流しながら卑猥（ひわい）な言葉で彼女の身体の良さを表現した。

「まあな、それで芳子の奴、金を持って家を飛び出しよった。岡山まで付いて来よったからなあ、わしはその間大尽暮しやった、ところが一座の方は、岡山で解散になった。わしは芳子に因果を含めて実家に戻した。そこまでは良かったんやが、一年たった頃、芳子はここに来よったんや、うっかり家の住所を教えたのが失敗やった。うちのおばはんが怒りよってな。芳子の前で、こんな化物を相手にしよって、と喚（わめ）きよる。わしがおばはんに手を出したんはその時が初めてやなあ、おばはんが怒りよるのも無理はないけど、いい方がえげつない、芳子は泣く泣く家に帰りよった」

亭主は一息つくと、遠くを思い出すような眼になった。たんたんと喋る時、亭主の舌はもつれなかった。私は亭主の思い出話を聴きながら、旅芸人の生活を生々しく感じた。

芳子はいったん実家に戻ったが、時々薯(いも)や山菜を持って亭主に会いに来た。

だが酒びたりになっていた亭主には、芳子を抱くだけの能力はなかった。

芳子が家を飛び出し、神戸で娼婦になったのは一昨年だった。芳子のひもはやくざであった。客の中には変った男が居て、芳子は一種の変態的な客に持てたのである。

「そのひもが悪いやつでなあ、夜も眠らせんと、芳子を働かせよる、それで芳子は昨年ひもから逃げて実家に戻った。ところがひもが実家まで芳子を探しに来よったんや、それで芳子のやつ、また実家を飛び出して、わしのところに相談に来た、というわけや」

亭主は肩をすくめるとコップの冷や酒をあおった。つまり芳子は、ここで働きたい、といったらしい。だがおかみは亭主と芳子の関係を知っている。だから承諾しない。芳子は今、西成の旅館に住みながら、他の旅館と契約し客を取っている、ということだった。

「わしは芳子にいうとるんや、人生は勝負や、とな、お前は今は稼げるんやから、思い切り稼げとな。幸い芳子には子供も居らんし、ひももついていない、稼いだ金は自分のものになる、二、三年死んだ気で働いたら、百万ぐらいは溜る、それを元手に商売をやったらええやないか、小さい一杯飲屋なら充分やって行ける、その時はわしも応援してやる積りや」

そういいながら亭主は瘦せた肩をそびやかすのだった。

晩秋がやって来た。飛田界隈は冷え込みがきつい。私はそろそろ飛田を出て、実家に戻ることを考えていた。このまま、この辺りの人情にひたり、だらしない生活を続けていたなら、自分が駄目になりそうな気がしたからである。コントや雑誌の原稿料稼ぎにも限界があった。私は新聞広告を見て、宗右衛門町のキャバレーの宣伝部員になったのである。それでも暫く私は飛田界隈に住んでいた。

時々亭主に会い、彼の部屋で飲んだりした。私は芳子のことを忘れていなかったが、亭主が口にしないので、質問するのが悪いような気がして黙っていた。亭主が芳子のことを話さないのは、芳子の生活が旨く行っていないからだろう、と漠然と想像していた。

その年は十一月の末あたりから寒さが厳しくなり、吐く息が白く感じられた。キャバレー勤めは面白くない。宗右衛門町の灯が華やかであればあるほど、私は自分自身が惨めに思えるのだった。給料は安く、宗右衛門町界隈では飲めない。自然足は飛田界隈に向く。当時私は、終戦後の闇屋時代に手に入れたギャバジンのジャンパーを着ていた。かなり古びているがなかなか丈夫で、ほころび一つなかった。

十二月の初めジャンパー姿で亭主を訪ねてみると、何時もと違って、おかみが愛想良く迎えた。おかみは私に、おっさんの身体が悪くなったから見舞ってやって欲しい、といった。何だか心配になり、部屋に入ってみると、亭主は蒲団に横たわっていた。亭主の顔は一廻り小さくなり、皺が増えたようだった。

「黒さん、もうあかんわ、酒がまずくなった、お迎えが近いようや」

「そんな阿呆なことがあるかいな、おっさんみたいに悪いことばかりして来た男は、案外長生きするもんや」

私としては、そういうより仕方がなかった。何となく、亭主の寿命もこれまでだ、という気がした。それにしても、おかみが、愛想良く迎えたのは、どういうわけだろう、と私は不思議だった。亭主が病気になったのだから、もっと心配そうにしていても良い筈だった。私は亭主に、おかみさんは元気やなあ、おっさんも心丈夫やないか、といった。すると亭主は首を横に振った。

私は亭主の話を聴いて吃驚した。

亭主の身体が悪くなり、今までのように自由に歩けなくなると、おかみは何時の間にか芳子を探し出し、客を取らせるため、この旅館に出入りさせるようにしたのだった。そのためおかみは、芳子が契約していた旅館にスカウト料を払ったのである。

だから芳子は、毎日のように客を取りに、この旅館にやって来る、というのだった。

「あんな顔の女やけど、わしにとっては昔の女の一人や、芳子がうちで客を取っているのを見るのは辛い、勿論芳子はこの部屋には来ない、だけどなあ、ここで寝ていると、芳子が来た時は直ぐ分る、おばはんがなあ、大きな声で、芳子はん、御苦労さん、と怒鳴りよるからや、わしには怒鳴っているようにしか聞えん、勿論わしに芳子が来たことを知らせるために、わざと大声を出しよるんや」

何故おかみが芳子を、自分の旅館に出入りさせるようにしたか、何となく私にも分るような気がした。女遊びをして散々自分を苦しめた亭主に対する一種の復讐心からに違いなかった。亭主の身体がまだ元気な時は、おかみは亭主と芳子がよりを戻すのではないか、という嫉妬心から、芳子が来るのを拒否していたが、亭主の身体が役に立たなくなったことを知った時から、おかみは亭主に復讐する決心を固めたに違いなかった。

私は亭主の話で、女の恐ろしさを知った。ただ分らないのは、芳子が何故おかみの誘いで、この旅館に来るようになったか、であった。私は私の疑問を亭主に告げた。

「ああ、それが分らんのや、芳子はこの部屋に来よれへんし、話し合う機会もない」

と亭主は吐息をついた。

「しかしなあ、おっさんは、最初芳子が身のふり方を相談しに来た時、ここで思い切り稼ぐようにいったんと違うか？」

と私は訊いた。

「うん、ここに来い、とはいわなんだが、思い切り稼げ、というたなあ、ここならわしの旅館やし、払い戻しも、他よりも多くする、と確かにいうた。あの時はまだわしも元気やったし、時々芳子を励ましてやろう、と思たんやがな、ところが今のように起きられんようになると、気持が変った、わしは間違うとった、昔の女がわしの傍で客を取っていると思うと、やり切れんわい」

と亭主は吐き出すようにいった。

亭主の気持の変化は、私にも理解出来た。おかみの心境も分る。私は苦笑しかけたがしなびた亭主の顔を見ると、憐れになり苦笑も出来ず顔を歪めたのである。

「ところで、黒さんに頼みがあるんやがなあ、ひとつ聞いてくれへんか？」

亭主の頼みというのは、この旅館に客として来て、芳子を呼んで欲しい、というのだった。何故この旅館に来ることになったかを訊き出し、出来たら自分の気持を伝えて、他の旅館に移るよう、頼んでくれ、というのだった。私は芳子の顔を思い浮かべ、何となく肩をすくめるような思いだった。

「別に寝んでもええ、わしの頼みを伝えてくれるだけでええんや」

と亭主はいった。

その時、芳子はん、お客さん待ってはるで、というおかみの声が聞えて来た。私には、おかみが怒鳴っているようには思えなかった。寧ろおかみの声は愛想良かった。ただ、他の女を迎える時よりも、少し声は大きいようだった。亭主には、おかみが怒鳴っているると聞えるのだろう。

芳子とおかみは帳場で一分ほど話し合っていたようだ。階段を上る芳子の足音は静かであった。娼婦の中には、階段を踏みつけるように勢い良く上って行く者も居た。

私は亭主の頼みを受け入れるかどうか、かなり迷った。ただ亭主が頼りにしているのは私一人だった。それに生れながら薄幸な星の下で育った芳子に、好奇心がないこともなかった。憐みの情も少しはあったが、それを憐みといってしまうと、自分に対する誤魔化しになってしまう。もしあったとしても、それはエゴ的なものであった。亭主に対する憐みも矢張りエゴの所産である。

霙が降った寒い日、私は実家に戻った。株で失敗した私は、父親が住んでいた家や先祖の土地まで売り払い、母と弟妹は借家に住んでいた。私が戻って来るというと、あれほど迷惑を掛けたにも拘らず母は喜んでくれた。母にとって、私が住んでいる西成は別世界であった。

私は実家に泊らず夕食だけを済ますと西成の部屋に戻った。地下鉄の動物園前で電車から降り、外に出ると、霙のせいか、立ちん坊や、労働者の姿は何時もより少なかった。傘を差したぽん引や娼婦がやたらに眼についた。私は余り彼女達に声を掛けられたことがないが、この日はよほど客が少ないのか、旅館に着くまで何人かの女達に声を掛けられた。

旅館の炬燵の中に足を入れていると、今頃亭主はどうしているだろうか、とふと思った。西成を出て実家に戻ったなら、余り来れなくなりそうな気がした。来たとしても、もう私はこの辺りの住人ではない。私は新聞の求人案内欄を眺めたが、あるのは業界紙の営業部員で、私の性に合わなかった。業界紙であっても編集の方をやりたかったのだ。新聞を放り出して横になり、天井の節穴を眺めていると、屋根を叩く霙の音が子守唄のように聞えて来た。一時間ばかり眠っただろうか、私は喧嘩の怒声で眼を覚した。狭い路地のような道で、鉢巻姿の労働者を、二人のやくざが擲りつけていた。喧嘩の原因は分らないが、多分向いの酒屋で酔った労働者が調子に乗って騒いだのだろう。労働者はやくざ達に擲られても、頭を抱えているだけで抵抗しなかった。擲りながら怒声をあげているのはやくざの方であった。酒屋から何人かの客が顔を出したが、労働者を助けようとする者は居なかった。この辺りの暴力団員達は狂暴で、直ぐ短刀（ドス）を出すのだ。擲られていた労働者が地面に蹲（うずくま）ると、やくざ達は勝手な捨台詞を残しながら去って行った。私は実家から持って来た厚い毛糸のセーターを着ると傘を差して外に出た。酒屋の客達が労働者に肩を貸し、また酒屋に戻って行った。やくざさえ居なかったなら、労働者達にとっては日本で一番住み易い街である。沖仲仕をしたり、飯場を転々としている労働者達を搾取するのは、旅館（ドヤ）の経営者達だけではない。壁蝨（ダニ）のような暴力団員達もそうであった。私は西成に住んでいた当時、暴力団員をやくざや極道などとは呼ばずに、蛆虫と呼ぶべきだ、と何度も思ったものだ。

　亭主の旅館は私が住んでいる旅館から、かなり離れていた。飛田遊廓の傍だから、四、五百米（メートル）はあるだろう。おかみは、亭主に禁酒を命じていたから、一升瓶をさげて行けない。私は向いの酒場に行って熱燗（あつかん）で身体を暖めた。労働者を擲ったやくざ達は、狂暴な暴力団のK組の者達らしかった。K組は売春を資金源にしていた。擲られた労働者はどうやらK組の女をからかったらしい。彼は大きな図体を折り曲げるようにして酒を飲んでいた。一対一で相手がやくざでなかったなら、彼は一発で相手を路上に叩きつけるだけの腕力を持っているようだった。

私は居たたまれなくなり、亭主の居る旅館を訪ねた。おかみは、作り笑いで私を迎え、たまには女と遊んだらどうか、といった。

寒さと霙のせいで、今夜は客が少ないようだった。おかみの作り笑いは口許だけではなく、眼にも媚めいたものが浮かぶのである。

亭主の話では、おかみもかつて一時期旅芸人の一座に居たというから、演技力は抜群だったのかもしれない。色黒で余り美貌ではないが、おかみの作り笑いには奇妙な色気が漂っていた。働き者で気の強い女、という印象しかなかったから、私はぎょっとし、思わず視線を背けた。

亭主は湯タンポを二つも入れ、蒲団に横たわっていた。枕許には読みかけの小説雑誌が置かれていた。酒は飲めないし、亭主にとっては、娯楽小説を読むことだけが愉しみだったようだ。

「今夜は暇らしいな」

と私は亭主にいった。

「酒はないか?」

と亭主はもつれた声で訊いた。

私がおかみに怒られるので持って来れない、というと亭主は、一升瓶を持って来るから見付かるので、酒を牛乳瓶に入れて来い、という。だが医者は禁酒を命じているらしい。だから亭主がどんなに怒鳴っても、酒を飲まさないのである。亭主は酒が飲めないなら、これ以上生きていても仕方がない、と私に訴えた。私が返答のしようがなく黙っていると、突然亭主は蒲団から這い出た。襖を開け廊下に出ると、おかみを呼んだ。ネルの寝巻を着ているが、はだけた胸には肋骨が痛々しい程露出していた。

「おばはん、おばん、くそったれ、婆……」

と亭主は帳場のおかみに怒鳴った。

おかみは帳場から廊下を覗(のぞ)いたが、吃驚してやって来た。亭主は酒を持って来い、という。おかみは、医者に止められている、と怒鳴り返す。途端に亭主は廊下に仰向けになった。そして、わしを殺す気か、殺すなら殺せ、と手足をばたばたさせた。

「漫才やないよ、酒を飲むから寿命を縮めるんや、何処の世界に、酒をやめて死ぬ人が居るんや」

おかみが亭主を抱き抱えて部屋に連れ込もうとすると、亭主は暴れ、廊下を蹴り壁に頭をぶっつけた。余り動けない病人とは思えない程の力だった。流石(さすが)におかみは亭主を持て余し、私に手を貸してくれ、といった。

「おかみさん、それは無理や、俺はおっさんの友達やからな」

おかみは私を睨(にら)むと、大声で女中を呼んだ。その時亭主の手が伸び、腰をかがめて懸命に亭主を抱こうとしているおかみの足首を摑んだ。力がない筈だが、おかみは呆気なく仰向けに引っ繰り返った。頭を廊下に打ち大きな音を立てた。おかみは怒り狂って跳ね起きると、亭主の両脚を摑み、部屋の中に引きずり込んでしまった。

「わしを殺す気か……」

と亭主がいったが、おかみは返事をしない。荒々しい息を吐きながら帳場に戻って行った。

亭主は蒲団の上に横たわり、暫く息をはずませていたが、

「あかんなあ、もうしようないなあ」

と淋し気に呟くのだった。皺だらけの顔の中にある小さな濁った眼に涙が浮いていた。涙のせいで、亭主の眼は何時もと違い澄んで見えた。私は胸が熱くなり、こんな状態を芳子は知っているのだろうか、と思った。

「おっさん、俺一度芳子を呼んでみるわ」

と私は亭主にいった。

芳子に、今の亭主の状態を知らせてやろう、と考えたのである。

「ああ、呼んでやってくれるか?」

亭主の眼尻から涙が溢れ皺の溝を伝って流れた。私が亭主に、芳子を呼んでも遊ぶ積りはない、というと、亭主は力なく頷くのだった。

「顔にあんな痣(あざ)があるからなあ」

「そうやないんや、おっさんの昔の女やないか、遊ぶ気になれんよ」

「違う、それは違う」

　亭主は首を横に振り、疲れ切ったように眼を閉じた。霙(みぞれ)は雨だけに変り、雨垂(あまだ)れの音が侘しかった。何処からか三味線の音と女の歌声が聞えて来た。眼を閉じた亭主が何を考えているのか私には分らない。ひょっとしたら旅芸人時代に遊んだ女達の顔が、走馬燈のように亭主の脳裡をよぎっていたかもしれなかった。

　私は帳場に行き、煙草を喫っているおかみに、芳子と遊んでみたいから呼んで欲しい、と告げた。おかみは煙草の煙を吐き出しながら、探るように私の顔を見詰めていたが、

「うちの人に頼まれたんやね？」

と思案するように呟いた。

　否定しても無駄だった。芳子よりも若い女は何人も居た。なかには、こんなところで娼婦をしているのが不思議に思えるような容姿の女も居たのだ。

「まあ、お客さんが指名した女を呼ばんわけにはゆきまへんな」

　おかみは女中を呼び、私を二階の部屋に案内させた。六畳の間で、大きな鉄の火鉢があり炭火が赫々と燃えていた。赤い煽情的な蒲団が敷かれていた。霙(みぞれ)で雨戸を閉めてあったせいか、部屋は私が想像していたより暖かだった。私は座蒲団に坐ると女中に、酒を注文した。銚子に入った酒をコップに移し、亭主に持って行ってやりたかったが、それが原因で脳溢血でも起こされたら困る。私はおかみの怒りよりも、その方が恐かった。亭主の容態がどの程度なのか、私には分らなかったからだ。一本の銚子をあけた頃、芳

子が入って来た。芳子は襖を閉めると、畳に手をついて、今晩は、と挨拶した。

私は芳子を手招いた。芳子の顔の痣がどうしても気になり、何となくまともに芳子の顔を眺められなかった。雨の音は殆ど聞えず、火鉢の炭火が思い出したようにパチパチと小さな火の粉を散らした。

私が芳子に酒を飲むか、と訊くと、少しぐらいなら飲む、と答えた。意外に明るい声である。私はもう一本銚子を頼んだ。

小さな卓袱台を火鉢の傍に置いて私と芳子は酒を飲んだ。芳子はそれが癖なのか、殆ど顔を上げない。亭主がいったように確かに肌はなめらかだが、田舎で育った女らしく肩幅が広く頑丈な身体つきだった。

私が芳子に、亭主の部屋で会ったことがあるが、覚えているか？ と訊くと黙って頷いた。おかみとは喋っているようだが、客の前では無口なのだろうか、余り喋らない。

おかみに、私と亭主の関係を告げられている可能性は充分あった。

「実はここのおっさんに頼まれたんだよ、あんたを呼んでくれとな。おっさんは、あんたが何故、ここの旅館と契約したのか、あんたの気持が分らない、といっているんだ、おっさんは今身体が不自由だ、あんたの力になってやりたいがなれないんだよ、おっさんとしては辛い立場だ、何といってもあんたは、おっさんの昔の女だろう、ここで客を取ることはないと思うがな。どうだい、あんたの気持を聴かせてくれないか……」

私は芳子を刺戟しないように、穏やかな口調で話した。芳子は俯いていたが首を振った。そんなことは話せない、という。

「私はお客さんのお相手をするために来たんです、おかみさんに叱られます」

「しかし、あんたも、最初はおっさんを頼って、ここに来たんだろう、あの時、おっさん、そういってたぜ。おっさんに対する愛情が全くなくなったとは思えないがなあ、あの時、おかみが意地悪をしたんだぜ、それはあんたも知っているだろう……」

「お客さん、明りを暗くしても良いですか？」

芳子はそういうと、私の返事も聞かずに立ち、電燈の紐を引っ張った。

一瞬部屋は真暗になった。芳子はこの部屋には慣れているらしく枕許のスタンドの明りをつけた。スタンドのシェードが赤いので、枕の白いカバーがピンク色になった。芳子は私に背を向けたまま、もう一度スタンドの紐を引っ張り豆電球をつけた。部屋は仄暗くなり、芳子の顔は朧にしか見えない。芳子は畳に坐って服を脱いだ。普通の娼婦なら立ったまま脱ぐ。そういう点は実に礼儀正しく、田舎の豪農の娘らしかった。

赤いシミーズ一枚になると、芳子は蒲団に入ってしまった。火鉢のところから眺めると顔の痣（あざ）は殆ど見えなかった。私の身体が騒ぎ始めた。普通の欲望ではなく、もっとどろどろした浅ましい欲望である。

だが私としては亭主の手前もあり、芳子を抱くわけにはゆかなかった。私は酒を飲みながら、あんたと遊ぶ積りで呼んだのではない、といった。

芳子は蒲団を顔に掛けたまま返事をしない。私には芳子が泣いているように思えた。

だがそれは私の思い過しだった。十分ほど芳子は蒲団の中に居たが、私が来ない、と諦めたのか、服を着てしまった。

芳子は部屋の明りをつけずに、私の傍に来て火鉢に手をかざした。

「お客さん、済みませんけど、千五百円なんです、時間も僅かだし」

と芳子は私にいった。

「そうか、何も喋りたくないんだな」

これ以上質問しても無駄だと思い、私は芳子に千五百円渡した。

私が帳場に下りると、先に部屋を出た芳子がおかみと話していた。私は銚子に残った僅かな酒を枕許にあったコップに入れ、ズボンのポケットに隠していた。これぐらいなら、亭主の身体に影響はないだろう、と思ったからである。私が芳子のことを喋れば、亭主としては酒でも飲まなければやり切れないに違いなかった。

私が部屋に入ると、亭主は待っていたように首を持ち上げた。

「おい、おっさん、酒を持って来たぜ」

と私はコップを置いた。

亭主は慄(ふる)える手でコップを握り、呻(うめ)き声を出しながら酒を飲んだ。その呻き声は情事の際の声に似ていたようだった。

「時間が早過ぎる、遊ばなんだんか?」

と亭主が訊いた。

私は亭主に、芳子が部屋に入って来てから出るまでの経過を説明した。

「くそったれ、馬鹿にしてやがる、芳子のやつ、おばはんにたぶらかされやがったな」

亭主はコップを握り締めたまま唸るようにいった。

「黒やん、わしに遠慮したんと違うやろな、ええか、昔な、座長に頼まれて、芳子を一晩だけ貸したことがあるんや、いや一晩やない、黒やん、そう睨むな、一座のもんは、女を交換し合ったもんや、芳子は案外持ててなあ……」

「えっ」

と私は呻いた。

旅芸人の世界がどんなものか私には分らない。だが自分を追って、岡山まで付いて来た女を、他の男に貸したりして平気なのだろうか、と私は吃驚したのである。旅芸人達の間で、そのようなことが何の抵抗もなく行なわれていたとしたなら、亭主は平気だったかもしれない。

すると私の表情を読んだ亭主は、

「わしだって辛いけど、皆、そうやってるからな、わしかって、他の役者のファンだった女を借りたこともある。黒さんは驚くかもしれんけど、旅芸人の愉しみは女だけやし、皆、女に対してはルーズになっとるんや」

と亭主はいった。

「じゃ、ここのおかみも、他の男に貸したんか?」

私の問いに亭主は力なく首を横に振った。

「あれは女房や、女房を貸したりはせん」

亭主は重い荷物を背負っているような表情でいった。


私は間もなく西成を出て実家に戻った。

キャバレーでの私の主な仕事は店に客を呼ぶ宣伝文案を書くことだった。勿論それだけが仕事ではない。時には店のマスターの命令で、ホステスのスカウトもせねばならなかった。

晩春の日曜日、私は久し振りに亭主の許を訪れた。酒を持って行ってやりたかったが、亭主の身体を思うとそれは出来ない。亭主は甘いものが嫌いだった。

仕方なく手ぶらで訪れた。

帳場には相変らず、おかみが元気な顔で坐っていた。私を見るとおかみは、懐かしそうに口許をほころばせた。

「うちの人はここには居らんよ、病院に入ってるわ」

とおかみはいった。

おかみの説明では、病人のくせに相変らず酒を飲もうとするので、病院に入れた、という。ここに居たなら、身体が悪くなるだけだ、とおかみはいった。阿倍野の病院である。私も知っている病院なので、私は早速亭主を見舞った。寝たっ切りで動けない、と想像していたが亭主は意外に元気で、ベッドに足を投げ出し壁にもたれて坐り、他の患者と将棋を指していた。椅子がないので、私は亭主のベッドに腰を下ろし、将棋が終るまで眺めていた。亭主の将棋は定跡を無視していた。それでもなかなか強く、相手は、おっさんにはかなわん、といいながら将棋盤を持って部屋を出て行った。

「身体が動くようになって良かったな」

と私はいった。

「うん、病院やと治療してくれるからな、黒さんも前と感じが違うがな」

私は西成に居た時と同じく、ジャンパー姿でゴム靴をはいていた。亭主は、私が前よりもすかっとして好い男になった、といって私を苦笑させた。

亭主の話によると、彼が病院に入ったのは彼の意志だった。少しでも身体が良くなり、壁に縋ってでも歩けるようにならなければ、死んでしまう、というのだった。

「なあ黒やん、考えてみろよ、おばはんに怒鳴られても怒鳴られっぱなしで、茶碗一つ投げられん状態なら、死んだ方が増しや。だいいち、精神衛生上良くないやないか、身体は悪うなる一方や、だから病院に入ったんや、おばはんは病院代のことで文句をいうとったけど、わしを殺す気か、というてやったら渋々納得しよった、何というても、あの旅館はわしのもんやからな」

と亭主は鼻をこすった。

どちらのいうことが本当なのか、私にも良く分らなかった。ただおかみは、週に一度は世話を焼きにやって来るらしい。亭主の下着の洗濯など、おかみがするようである。

　私は亭主に、芳子はまだあの旅館と契約しているのか、と訊いた。

「いや、わしが病院に入って間もなく、他所の旅館に移ったらしい、わしが居らんので、張り合いがなくなったのやろ、どうも、わしの感じでは、おばはんが出入りを禁止したようやな。わしもこの年齢になるまで、色々な女と遊んで来た、そやけど芳子のようなけったいな女は初めてや、何を考えてるのかさっぱり分らん」

　亭主は私に、芳子を呼べる旅館の名を告げた。矢張り山王町にある旅館だった。

　亭主は上眼遣いに私を見た。亭主が何を考えているか、私には良く分った。芳子と遊び、何故亭主が寝ている旅館で客を取ったのか、訊き出して貰いたいのである。

「芳子のこと、気になるか？」

　と私はいった。

「そりゃ、気になるわいな、昔はわしの女やったからなあ、なあ黒やん、芳子を呼んで、男には気をつけなあかん、というてやってくれへんか、あんな痣があるからな、芳子は持てる。ああいう女を好く客は多いんや、口のきけない女が持てるのと同じ理屈やないか、それに身体もええし、サービスも満点や、折角稼いだ金を、変な男に持っていかれたら、可哀そうや」

　私は暫く女と遊んでいなかった。仄暗い部屋の中で、服を脱いだ時の芳子の白い肌がふと眼に浮かんだ。亭主は私の気持を見抜いたように、遊んでやってくれるか、と腕を差し出した。亭主の腕は電気を流されたように慄えていた。

　私は自己嫌悪を覚えながら、亭主が教えてくれた旅館に足を運んだ。古びてはいるが黒板塀の旅館で、亭主の旅館よりも格が一段上のようだった。女中も礼儀正しかった。

　私は亭主の名を告げ、紹介されて来たのだ、といった。女中は亭主が入院したことを知っていた。

「芳子を呼んでくれへんか、顔に痣がある女や」

　私は思い切っていった。

「居るかどうか、一度電話してみます」

　女中はそんな風に答えた。

　夕闇が漂い始めた頃で、まだ夜になっていない。庭の梧桐（あおぎり）の葉が晩春の微風に揺れていた。庭にはところどころ欠けた石燈籠があった。三味線の音が聞えて来た。新内流しが歩いているらしい。

　亭主のいう通り、芳子は客に持てているのだろう。今もこの旅館の何処かの部屋に居るかもしれない。女中は直ぐ部屋に戻って来ると、今食事中なので、半時間ほどしたら来るから、待っていて欲しい、と告げた。私は女中に案内され、風呂に入り旅館の浴衣を着て、ビールを飲みながら芳子を待った。

　私が風呂に入っている間に、女中が蒲団を敷いていた。最初から蒲団を敷いていないところなど、確かに亭主の旅館よりも格が上であった。

芳子はネッカチーフを被り花模様のワンピースを着て白い素足を剝き出していた。何だか前よりも若くなったような気がした。芳子は私のことを覚えていた。

「うちがここに変ったこと、誰に聞きはったんですか？」

芳子は正座して私を見詰めた。顔の痣を気にしている様子はなかった。痣が自分の武器であることに気付いたのかもしれない。

「入院しているおっさんに聞いた、あんたのこと気にしていたぜ、変な男に引掛って金をなくしたらあかん、というとった」

「それをいいに、私を呼びはりましたん？」

芳子はきっとしたように私を睨んだ。

「いや今日は違う、遊びに来たんや、しかしなあ、一応おっさんからの伝言や、あんたにいわんわけにはゆかんやろう」

「あの人の話はやめましょう、うちも気分が出ませんよって」

と芳子は眼許に媚を浮かべた。

芳子は残っていたビールを私のコップに注いだ。私が一本取ろか、と訊くと嬉しそうに頷いた。亭主が気にしている程、芳子は亭主のことを思っていないようだった。毎日、何人もの客を取っているのである。

芳子があの亭主のことを忘れても不思議ではない。その方が自然だった。途端に私は解放感を味わった。

私は芳子に要求され二千円渡した。この旅館のことだから、三千円ぐらい取られるのではないか、と思っていたので、二千円は安く思えた。芳子は旨そうにビールを飲みながら、私に何をしているのか？　と訊いた。キャバレーの宣伝部員だ、と答えると口に手を当てて笑った。何がおかしいのか？　と訊くと、サンドイッチマンでしょう、という。

「その通りだよ、恰好が悪いから、お面を被って歩くんだ、おかめの面だよ」

芳子は喜んで、笑いながら身体をくねらせた。ビールを飲み終ると芳子は私に、部屋の明りをどうしようか、と訊いた。

「どっちでも良いよ」

と私は答えた。

「じゃ消すわ、枕許に電気スタンドがあるから……」

そういって芳子は部屋の明りを消した。芳子は嬉しそうな表情をしていた。芳子が明りのことを訊いたのは、電燈の明りの下で、芳子を抱きたがる客が多いからだろう。芳子の痣（あざ）を見るためにに違いなかった。商売だと割り切ってはいるが、芳子としては暗い方が気が休まる筈である。だから自分の意志で明りを消したのだ。どっちでも良いよ、と私が告げたのは、芳子の真意を知るためだったのだ。

芳子の感情は、まだ完全に荒廃していないようである。

私は芳子のなめらかな肌と、男を悦ばすテクニックに陶酔した。亭主が何度も自慢しただけのことはある、と思った。ことが終った後、私は虚脱感で喋るのも億劫だった。亭主が自慢したのは、痣のある女と関係を持つことに対する一種の照れ隠しだと私は聞き流していたが、そうではなかった。芳子は便所から戻るとまだ蒲団の中に居る私の傍に、残ったビールを運んで来た。

「どう、良かった？」

と芳子は囁くようにいった。

「あの亭主が自慢しただけのことはある、素晴しいよ」

私はうっかり、亭主のことを喋ってしまった。はっとして芳子を見ると、芳子は含み笑いを洩らし、私の傍に身体を横たえた。

「どう、もう一度遊ぶ？」

と芳子は私の耳許に口を寄せた。

「いや完全に参ったよ、それに金の持ち合せも少ないし、また来るよ」

「お金は要らないわ、でも分るんよ、私は一度だけの女なのよ、男は私の顔を見て、一度は興味を持つ、だけど直ぐ飽きるの、私と長続きする男は、私を利用しようとする男だけや、この頃、よう分って来たわ」

「いやそんなことはないよ」

私は慌てて芳子の身体とサービスが素晴しいので、男は一度で完全にダウンするのだ、と弁解した。弁解しながら、私は深い自己嫌悪に陥っていた。何故なら、芳子は自分に対する男の気持を見抜いていたからだった。エネルギーの総てを吸いとられた私にとって、芳子の痣は矢張り不気味であったからである。

「良いんよ、煙草頂戴ね」

芳子はもの憂気な声でいうと俯いて、枕許の煙草を取りマッチで火をつけた。マッチの炎を痣に向けて、私に、見てよ、といった。

炎に照らされた青い痣は、太い蛇の入墨をしたように見えた。炎が揺れるにつれ、今にも動き出しそうだった。

「恐いでしょ?」

「別に恐くない、入墨に見えるな」

「そうね、お客さんに良くそういわれるわ、この痣のおかげで、辛い目に遭って来たんよ、お客さんには分らんと思うわ、気が変にならなかったのが、不思議なぐらい。親切にしてくれたのは浩太郎さんだけやったわ」

「浩太郎さん?」

「島田浩太郎さんよ、あの人、浩太郎さんといったんよ、知らんかった?」

「うん、芸名は知らなんだ」

「そう、余り親切にしてくれたんで、岡山まで付いて行ったん、私がこんな商売するようになったのも、あの人のおかげよ、だって、私、あの人のいうままに、色々な男の人と寝たから、身体が慣れたんね」

「しかし、座長だとか、芸人達だろう、あんたが寝た相手は？」

「最初はそうやったけど、一座が解散した後は普通のお客さんと寝たわ、だって、お金がないんやもの」

「そうか、あの亭主、嘘をついたな」

「良いんよ、あの時は惚れていたから、でも神戸に置き去りにされた時は、死んでやろう、と恨んだわ。結局やくざに摑まって、ずたずたにされた、私の身体が売り物やから、傷はつけへんかったけど、酷いことするんよ、耳の穴にマッチ棒を入れたり、ホースの水を鼻に入れたり、擲られるよりも苦しいよ」

私はただ息をひそめて聴くのみだった。

芳子は実家に逃げ戻ったが、やくざが探し出し、実家にまでやって来たので、亭主を頼り西成に来た、という。亭主が旅館を経営していることを知っていたからだった。

芳子としては、頼るところはあの亭主以外なかった。おかみは自分のところと契約しても良い、といってくれたが、亭主の方がどうしても承知しない。

「かりにも昔は、わしの女やった、わしのところで客など取らされるか、島田浩太郎の名がすたる、というんよ、私はその時、本当にくだらん男に惚れたもんや、と自分が馬鹿に思えたわ。だって、一座が解散した後、あの人のためにお客を取ったんやから、今になって、何が島田浩太郎やの、おかみさんも、私のことはよう知ってくれてんのよ。だから、あの人の身体が動かんようになった時、私、おかみさんに頼んで、あの人の旅館で働いてやったんよ」

「そうか、一種の復讐やな、だが、どうしてここの旅館に移ったんや？」

「あの人が病院に入った途端、気が抜けてしまったの、あそこよりも、ここの方がずっと待遇が良いもん。今度あの人に会ったらいって頂戴、私のことは心配しないでって、口先だけで心配して貰っても役に立たんわ、悪い男に私が引掛るなんてあの人が考えるのはおかしいわ。私が男のために身体を売ったのは、神戸のやくざと、あの人だけよ。私はね、もう二人も悪い男に引掛ったんよ、これ以上阿呆なことはせんわ」

芳子は煙草を灰皿に捨てると、灰皿を手に持ち、火のついている煙草に唾を吐いた。唾というのは、吐いた途端に飛び散るものである。ところが芳子が吐いた唾は水球になって飛び、見事に煙草の火に命中した。

じゅんという音と共に火は消えた。


その夜、私は暗い、何ともいえない重苦しい気持になって旅館を出た。芳子の告白は、メタンガスを発生させる腐った沼の水のように、私の胸の底でよどんでいた。もう十時頃だろうか。私は重い足を引きずりながら、かつての島田浩太郎が入院している阿倍野の病院を訪れた。どういう積りで亭主に会いに行ったのか、自分自身でも見当がつかなかった。多分、芳子の告白を、そのまま亭主に伝えたかったのかもしれない。私は亭主よりも芳子の味方になっていた。

病室の前まで来た時、私はおかみと亭主がののしり合っている声を聞いた。

「はよ退院してくれな、お金がなくなるよ、だいたい、病院でのんびり遊んでる身分やないんよ、酒をやめたと思ったら将棋ばかり指して、先生もいうてはったよ、身体に悪いって」

「お前は鬼婆や、わしの愉しみを全部奪う気か、金がなくなったら旅館を売れ」

「阿呆らしい、旅館を売ったら、どうして暮すの、あんたはね、今までに愉しみ過ぎたんよ、人の何倍もね……」

他の患者が、うるさいぞ、と怒鳴った。

私は病室に入らず、引き返した。

病院を出て旭町の商店街の飲屋に入った。酒でも飲まなければやり切れない気持だった。おしろいを塗りたくった男が、三味線を抱いて飲屋を覗いた。

「今夜はええよ」

と飲屋のおかみが怒鳴った。

あの男も旅芸人だったのではないか、と私は背を丸めて去って行く男の後ろ姿を、侘しい眼で眺めていた。

雑草の宿

松江という名のおかみは、西成（にしなり）の古びた旅館の帳場に何時（いつ）も、でん、と坐っていた。松江は色が黒く、小太りで、何処（どこ）か豆タンクのような感じだった。松江は三十九歳といっているが、私が見たところ四十半ばだった。

旧飛田（とびた）遊廓の傍の湿地帯にあるその旅館の黒板塀は剝（は）げ、今にも壊れそうだが、松江だけは活々（いきいき）していた。

馴染（なじみ）の客達は松江の顔を見ると安心し、一見（いちげん）の客は、松江の鋭い視線を浴びると、一瞬たじろぐのだった。

一見の客がやくざであっても、泥酔（でいすい）寸前の労働者であっても、松江の視線には、彼等を威圧するたくましさがあった。

それは、少女時代から、泥塗（どろまみ）れで生きて来た松江が、男達に対して身につけた闘争心のせいかもしれない。

旅館の客に二種類あった。階下の客は、アパート代りに泊っている旅館の住人である。娼婦に連れられて来た客は、二階に案内される。また一見の客も二階だった。

旅館にはお静という女中が一人居た。もう五十半ばで、何時も口を開け、くたびれ果てたような顔をしている。

事実お静は、暇があると、帳場の隣の女中部屋に坐り込み、身体を休めていた。お静の坐り方は、壁にもたれて足を投げ出すのである。だからお静が背もたれする壁は剝げ、黝ずんでいた。

松江とお静は、昔から知り合いのようであった。多分、生きることに疲れ果てたお静は、旅館のおかみになった松江を頼り、女中になったのだろう。

だが松江は、自分や客達の前で、お静がだらけると、手厳しくののしった。

「頑張らなあかんがな、商売やで、商売！」

と松江は力強い声で怒鳴るのだった。

どうやら松江は、お静の性格が、歯痒くてならないようだった。

当時、私は落魄の身を、松江の旅館の一階でかこっていたが、そんな私が見ても、確かにお静は歯痒かった。例えば、お茶を頼んでも、よほど暇な時以外は、持って来ない。私に対して冷たいのではない。

お静は頼まれたことを忘れてしまうのだ。

私が廊下を歩いているお静の足音に気付き、襖を開けて、お茶を頼むとする。

「ああ、分ったよ」

とお静は返事をする。

ところが帳場に行き、松江に用事を命じられたり、怒鳴られたりすると、お静は、お茶のことなど忘れてしまうのだった。

旅館に住み始めた頃、私は、それに気付かず、お静を怒鳴りつけたりしたが、分ってしまうと、怒るのが馬鹿らしくなった。

だからお茶が欲しい場合は、松江に頼むのだ。すると松江がお静に、私のところにお茶を持って行くよう命令する。

松江に命令されると、お静は忘れることがなかった。

松江がこの旅館のおかみになったのは、旦那が亡くなったからである。

近所の煙草屋の婆さんの話によると、松江は旅館を乗っ取った悪い女であった。

松江は旅館の女中をしていたが、おかみが癌（がん）で亡くなると、旦那を籠絡し、帳場に坐る身分になった。それから五年、旦那は痩（や）せ衰え、得体の知れない病気に罹（かか）り、病院で亡くなった。業（ごう）の強い松江に、旦那は生命を吸い取られたのだ、というのである。

ところが飲屋のおかみや、そこに集まる娼婦達の話では、松江が人手に渡る筈（はず）だった旅館を守り抜いたので、旦那も安心して死んだ筈だ、ということになる。

何でも旦那が博奕（ばくち）で僅かな借金をつくり、証文に旅館を抵当にした。

暴力団員が旦那を追い出しに掛った時、松江は、暴力団の親分と直談判（じかだんぱん）をした。もしこの旅館を乗っ取るようなら、警察に訴え、博奕の証文が果して法的に有効かどうか、訊く。裁判に訴えてでも、旅館を渡さない、といったらしい。

松江の度胸に親分も感心し、結局、毎月払いで良い、ということになった。

松江は身を粉にして働き、一年間で旦那の借金を払い、証文を破った、というのであった。だから旦那は、松江に感謝して亡くなった、というのである。

私は、どちらの話も真実だ、という気がした。豆タンクのような松江のエネルギーや、一見の客を観察する松江の鋭い眼光を見ると、両者の話を、信じざるを得ないのであった。

松江の過去についても、色々な噂が耳に入って来た。大阪の松島遊廓の女郎だった、という者も居れば、神崎新地の女郎上りで、一杯飲屋をやっていた、という者も居た。また、同棲した男が松江の精力に恐れをなして逃げ出し、松江が追い掛けて小刀でその男を切りつけ、傷害罪で刑務所に入っていた、と、現場を見たように話す者も居た。お静の噂は余りなかった。

ただ、松江が男を追い掛けて切った、という話は、妙に現実感があった。それは、客に対する松江の応対ぶりを、私が知っているせいかもしれなかった。

秋の気配が、そろそろ漂って来た或日、女装の男娼が酔った客を連れて来た。

たみ子というその男娼は、この旅館の馴染客だが、大抵一人で泊ることが多かった。何故、客を連れて来ないのだろう、と不思議に思っていた私は、その日帳場に居たので、やっと理由が分った。

松江がたみ子に、客はたみ子が男娼なのを知っているのか、と念を押していたからである。

「おかみさん、酔ってるんよ、絶対大丈夫、分らないから」

たみ子は松江にいったが、松江は、悪いけど他所に行って、とたみ子を上げなかった。

「何じゃい、ここは、何をぐずぐずしてるんや、早よ上げんか」

ジャンパー姿の四十男が大声で怒鳴っている。するとおかみが、たみ子を凄まじい眼で睨み、怒鳴りつけた。

「たみ子はん、満員や、というてんの、分りまへんか、早よ、連れて行き！」

おかみに怒鳴られ、たみ子は慌てて、客をなだめながら出て行った。

「何で、おかまはあかんのや？」

と私は理由を訊いた。

「おかまは危ない、客は女やと思て買いよったんや、もし、おかまやと分ったら、大変や、これまで、おかまということがばれて、何人ものおかまや客が、殺されたり、怪我をした、うちで、そんな騒ぎを起こされたら、たまらん、だから入れん」

おかみの説明は単純明快だった。

たみ子が一人なら、何も問題を起こさないから、泊めても良い、というのだった。

たみ子はもう四十過ぎである。終戦後は、阿倍野の旭町で男娼をしていたが、間もなく男娼の館で働いた。ところが主人の金を盗んで馘になり、一時大阪から姿を消したが、五年ほど前、また戻って来たらしい。

「何でおかまになったんかな？」

と私が訊くと、

「生れながらの男女（オトコオンナ）や、どうしようもない、五十になっても、六十になっても、相変らず化粧して、客を取りよる」

とおかみは吐き出すようにいった。

そういえば、たみ子以外にも何人かのおかまが泊ることがあるが、皆、一人だった。

そして一人の場合、松江は彼女達に親切だった。自分で茶を淹（い）れて運んだりする。

時々、彼女達に、良い加減に足を洗うんや、と説教したりしていた。

夕方になると赤トンボが旅館の庭を飛び、蟋蟀（こおろぎ）が床の下で鳴き始めた。

狭いが旅館には庭があり、椿や躑躅（つつじ）、また小さな松や、便所の傍には梧桐（あおぎり）が植えられていた。

土饅頭のような築山の傍には石燈籠もあった。

松江は赤トンボを見付けると、お静に、この辺りで赤トンボが飛ぶのは、ここだけだ、と自慢そうにいっていた。

松江にいわせると、赤トンボが来るのは、椿や躑躅のせいだ、というのだった。

赤トンボを見詰める松江の眼は、遠い故郷を偲んでいるようである。

松江は自分の故郷が何処か、お静にも話していなかった。お静の故郷は長崎ということだった。だが、本当に長崎なのかどうか、私にも分らない。

豆タンクのような松江は、四十前後だから女盛りの筈だ。ところが不思議に浮いた噂がなかった。

煙草屋の婆さんにいわすと、松江は映画が好きだから、映画館で若い男を拾っているに違いない、というのだった。

「旅館のおかみやからな、客の部屋に忍び込むことも出来んやろ、とすると、何処かで男を拾っとるんや、あの女が、男なしで居れるかいな、あんたも何時か狙われるで……」

煙草屋の婆さんは欠けた歯を剝き出し、卑猥な笑みを浮かべるのだった。

人の口というのは、大体そんなものだが、私には、松江が街で客を拾う姿など、想像出来なかった。

ただ私も、あの松江が男気なしで過しているのは不思議だった。

その頃、私はカード占いをするのも煩わしく、何か仕事はないか、と新聞の求人欄に眼を通していた。

夕刊新聞のコントに何度も入選した私は、その新聞社に頼まれて、色模様の記事を書いたり、ラジオ小説を書いたりして何とか暮していたが、生活は不安定だった。

旅館の一階の客用の部屋は三部屋あった。奥の六畳の間には中年の夫婦が住んでいた。

私の部屋の向いの四畳半の女性はミナミのアルサロに勤めている。だが年齢は三十を過ぎていた。後は私だけである。

独身の男性である私が、この旅館に住めたのは、カード占いで、松江を見たのが縁であった。松江はこれまで、独身の男性を居住人にしたことがない、という。

それは松江の防禦本能のせいだった。

「独り者の男は、大人しそうに見えても油断が出来ん、だけど、あんたは信用が出来る、これはうちの勘や」

と松江は第一日目にいった。

私が松江の旅館を選んだのは、三時頃から風呂が沸いていることと、宿泊代がアパート代に近く、安かったからだ。

こういう旅館は、その当時でも一泊四、五百円はした。

ところが松江の旅館は、一ヶ月で八千円なのである。勿論、近くの安アパートなら、四畳半で、三千五百円ないし、四千円で済む。だが、女中の居る旅館という点が、私には気に入ったのだ。

一時、華やかな生活を送った私には、場末の安アパート暮しは、矢張り淋しかった。

松江の収入源は、娼婦達が連れて来る二階の客であった。だから松江は娼婦達を大切にしていた。また娼婦達も、松江に信頼を寄せていて、一見の客と来た時は、持っている金を松江に預けたりした。

といって、松江は娼婦達と契約を結んでいるわけではない。飛田遊廓周辺の娼婦は、暴力団に属していない者が多く、せいぜいひもが居るぐらいだった。またぽん引に頼っている者も居たが、松江の旅館に客を連れて来る娼婦達は、自由な身の者が多かった。

「客を取っている以上、男に搾られたらあかんで、男から搾らな……」

と松江は良く娼婦達にいっていた。

そういう娼婦達の中でも、松江が可愛がっていたのは、浅子と、奈美子の二人だった。浅子は背が低く小太りで、奈美子は中背のグラマーだった。二人に共通しているのは性格が明るい、ということである。

浅子は二十四五、奈美子は三十前後だった。私は飛田遊廓の女と遊んだり、時には阿倍野や、鶴橋のコールガールと遊んだりしたが、松江の旅館に来る娼婦達とは遊んだことがなかった。

屋台で飲み、帳場に行くと、商売を終えた女達が、松江と話したりしている。酔った勢いで、彼女達の中に割り込み、話を聴いていると、卑猥な冗談をいい合ったりするようになり、仲間意識みたいなものが生じて来たりする。

そうなると、金を出して遊ぶ気がなくなるのだった。

それでも、浅子はこの辺りの娼婦にしては、比較的魅力があった。色白で、低い鼻に迫るように両頰が盛り上っている。頰に赧く土の匂いが残っていた。土の匂いといえば、浅子の両脚はたくましかった。

故郷は宮崎の山の中だ、という。そのせいか、他の娼婦のようにこせこせして居なかった。だから、客と揉めない。

娼婦が客と揉めるのは、部屋に入ってから、客が値切るからである。

この辺りの娼婦は、最初、客に告げた値段以上の金を要求しない。そんなことをすればたちどころに喧嘩になる。娼婦のいうなりに、金を出すような生易しい客は居なかった。だから、揉めるのは大抵、客が値切る場合だった。時には殺人事件になることがある。ただ、松江の旅館の場合は、客が値切ると、娼婦達はさっさと帳場に下りてしまう。すると松江が客の部屋に行って、客に帰ってくれ、という。

暴力団の親分を相手に交渉しただけに、大抵の客は、松江の威厳に圧倒され、金の足らない者は帰るし、持って居る者は、値切るのを取り消すのだった。

ところが、浅子はこれまで、ただの一度も、客と揉めたことがなかった。

「めんど臭いからね、少々値切られても、相手になってやるの、その代り、値切った客は、二度と誘わないんよ」

と浅子はいっていた。

浅子は腹が立つと、眉を寄せる代りに頰をふくらます。すると鼻が頰の間に埋没する。怒っているのだが、そんな風に見えない。かえって愛嬌があった。

赤トンボの姿も消え、底冷えのする季節になった。台風が潮岬(しおのみさき)に近づいているとラジオは伝えていた。そのせいか雨が降り、客も少なく、娼婦達は飲屋でたむろしていた。

私は帳場で、松江と喋っていた。

秋の雨の夜の蟋蟀の鳴き声は、聞き慣れていても身に染(し)みる。

松江は珍しく感傷的になったのか、北陸の温泉街で女中をしていた頃の話を私にした。

「私が二十五の時やった、月が綺麗な夜でね、私は仕舞風呂につかって庭に出たん、そしたら樹の中に誰か隠れているの、私はてっきり泥棒と思ってさ、大声を出し掛けたわ」

松江は遠くを見るような眼になった。

松江は時々、東京弁になることがあった。そんな時、松江は、旅館のおかみ、という立場を忘れていた。だから私は、松江の故郷は東京かもしれない、と思ったりしていたのだ。私は頷いた。

「それで？」

「吃驚(びっくり)して胸を押えて見ているとね、その男、私に手を合せているんよ、泥棒でないと知って、私は安心して傍に行ってみた、若い兵隊さんやった、脱走して山に隠れていたんやけど、二日も何も食べなかったので、ふらふらになって山から下りて来たんだって、私ね、可哀そうになって、御飯とお酒を持って行ってやったの、何でお酒を持って行ったんかなあ、それから、そっと温泉に入れてやったわ、背中も流してあげた、あんた知らんやろけど、脱走兵は捕まったら重罪よ、それから空部屋に寝かせてやったの……」

「ふーん、よく見付からなかったね？」

「大きな旅館やから、空部屋は沢山あったん、私はね、その兵隊さんに、夜が明けないうちに兵舎に戻りなさい、と説教したんよ、サービスに身体もあげたけど……」

松江は夢から醒めたように、太い声で笑った。

「それで、その兵隊、戻ったのかい？」

「戻ったわ、別れる時、泣いて礼をいっていた、何で自殺したのか分らん」

「兵舎に戻らず自殺したのか？」

「そうよ、崖から川に身を投げたの、大事件やったけど、新聞には載らなかったわ、脱走兵のことなんか、新聞に載せないもんね、私ね、憲兵が調べに来ないか、と思って、びくびくしていたけど、来なかった、だから、誰も、私とその兵隊さんの関係は知らんのよ、私ぐらいの年齢になると、色々なことがあるわ、あんたは、何か書いてるようやけど、男と女のことは、幾つになっても分らん」

松江は肩を揺すって笑うのだった。

松江は私に、あんたにはまだ、男女の小説など書けない、といっているようだった。

番傘を差した浅子が、レインコートの男と入って来た。

「おかみさん、部屋ある？」

と浅子は何時もの調子で、明るい声でいった。レインコートの男は襟を立て、帳場に背を向けて立っていたので、顔は分らない。

「ああ、あるよ、お静、鶴の間に案内して」

だがお静が来ると、何を思ったのか松江は、自分が案内する、といった。

男はコートも脱がずに入って来たが、階段を上る時、帳場に居る私を睨んだ。

やくざ達を見慣れている私が、思わず息を呑んだほど鋭い眼付だった。

「さあ、こっちよ」

松江は何時になく愛想の良い口調でいうと、二人を二階に案内した。松江は、娼婦達が連れて来た客が、怪しい人物だ、と睨むと、部屋が満員だ、と断わってしまう。

松江に睨まれると、娼婦達の方が慌てて、客をうながして出て行く。何時も、松江に世話になっているから、そういう時、娼婦達は松江にさからわなかった。

松江は下りて来るとお静を呼び、茶を運ぶように命じた。

お静と入れ替りに、浅子が下りて来た。

「浅子、お金は全部出しておき、それからね、寒いから、というて、あの客とお風呂に入るんや、分ったね」

松江は低い声でいったが、その声には浅子もさからえないような強いものがあった。

「おかみさん、どうして？」

と浅子が不思議そうに訊いた。

「浅子、あんたやからいうんよ、あの客は危ない、しかし、浅子は度胸がある、何時もの調子で相手をするんよ、分ったね」

松江は何度も浅子に念を押した。

「ええ、分ったわ」

浅子が財布を松江に渡して立つと松江は、

「浅子、もっと頬をふくらませた方がええ、笑うてるような顔になる」

といって笑った。

「すかん、おかみさん」

浅子も釣られたように笑っていた。

お静が下りて来た。

松江はお静を手招きした。

「どんな感じやった？」

「何か、恐そうな感じや」

お静の態度には、何となく落ち着きがなかった。

「お静、貰ろたチップ出してみい」

と松江がお静を睨んだ。

お静は、かなわんなあ、といった溜息を洩らすと、帯の間から千円札を取り出した。

当時の千円は大金だった。客を連れて来る娼婦達は、遊び代として、二千円から三千円受け取る。女中に千円ものチップをはずむ客は居なかった。

松江はお静にチップを戻した。

「何も取ろう、といってんのやない、しかしお静も相変らず、隠せん女やなあ、だから何時までも女中しとらないかんのや、これまで、千円くれたお客いるか？」

「おかみさん、居らんわ」

「当り前やがな、そういう時はな、こそっと私にいうんよ、普通の客なら、千円も出さん、きっと、酒を持って来い、というよ」

松江の言葉が終らんうちに、浅子が下りて来た。熱燗で二本欲しい、という。

「用意するから、風呂をすすめるんや」

と松江は浅子にいった。

「それからお静、つまみにあられでも出したらええ……」

松江は活々した口調でてきぱきと命令を下した。一体、松江は何を考えているのだろう、と私は興味津々の思いだった。

浅子は客を風呂に連れて行くことに成功したようだ。風呂で身体を暖め、熱燗で一杯やって、床入りしよう、とでもいったのだろう。浅子と客が階段を下りて来た時、私は二人に背を向けていたが、客の視線が私の背中に突き刺さるのを感じた。

二人が風呂場に行くと、松江がいった。

「どうもあの男、あんたを気にしてるらしいな、うちの色男とでも、思てんのかな」

松江はそういうと男のように肩を揺すって笑った。松江も矢張り、客の視線を気にしているらしかった。

「部屋に戻っていようか?」

と私はいった。

松江のただならぬ様子から、何か事件が起きそうな気がした。

「構わんよ、ここに居ても、あの客、泊る積りやないかなあ」

独り言のように呟いた松江は廊下を覗くと、そのまま敏捷に階段を上って行った。

松江が二階に居たのは、ほんの二、三分だった。普通ならきしむ階段を、松江は猫のように、音を立てずに下りて来た。

松江は帳場に戻ると、警察から配布されている指名手配の犯人の顔写真や、モンタージュ写真を眺めた。強盗殺人犯人などの凶悪犯の顔は、如何にも狂暴そのものだった。

「この中の一人かい？」

と私は掠れた声で訊いた。

「いや、この中には居らん、しかし私の勘は当ってる、短刀を持っとる、ハンカチで包んで蒲団の下に隠してあった」

私は息を呑んだ。

呼吸が苦しくなるような緊張感を覚えた。

松江が浅子に、あの男を風呂に連れて行くように命じたのは、男が凶器を持っているかどうか調べるためだった。それにしても凶器の隠し場所を素早く見付けた眼力は大変なものである。

「泊めるのは危ないな」

「強盗か？」

「ああ、やられるかも分らん」

度胸を据えたのか、松江は世間話でもするような口調で話した。

浅子と客は風呂から上り、部屋に戻った。お静が熱燗の銚子を二本部屋に運んだ。

「相当、金を持ってるのと違うかな」

と私はいった。

「うん、持っとる、とすると、何かやらかして来たな、先ず間違いない、矢張り警察に知らせた方が良いなあ」

松江は決断すると早かった。

直ぐ警察に電話した。

刑事が二人やって来た。松江は二人の刑事を帳場の隣にあるお静の部屋に案内した。

浅子の行為は売春になるが、こういう場合刑事は、売春の方は見逃してくれる。

私はお静と帳場に居た。

松江はお静に、客は全部断わるように命じた。松江は長い間、刑事と話し合っていた。

雨の日なのでその間、客はなかった。

二人の刑事は、松江と話し合いがついたのか、旅館から出た。どうやら張り込む積りらしかった。

浅子が服を着て下りて来たのは一時間後である。浅子の顔が上気しているのを見て、私は不快な思いに駆られた。あの男のたくみなテクニックで燃えたのかもしれない。

眼が潤んでいる浅子を見たのは、これが初めてだった。

松江はそんな浅子に預かっていた財布を渡すと、お客は？　と強い口調でいった。

「暫く休んでから帰る、といってはったわ」

浅子は財布を受け取ると、

「おかみさん、あのお客さん、悪い人やなさそうよ」

と帳場に坐り込もうとした。

「今夜は帰るんや、真直ぐアパートに戻り、良い人間か、悪い人間かの区別は、まだ浅子には出来ん、強盗やった男でも、女には優しゅうすることがある、さあ、早よ帰るんや」

松江が一喝すると、浅子は何時になく反抗的な態度で、ふん、と鼻を鳴らした。

番傘を差し雨の夜道に出た浅子を見て、松江は舌打ちした。

客はなかなか部屋から出て来ない。

漸く別の娼婦が客を連れて来た。

「一寸、待っとってや……」

松江は二人をお静の部屋に案内させ、二階に上って行った。

「客を泊めん旅館なんて、初めてやぞ」

二階から男の怒声が聞えて来た。

松江は男を追い出すべく、交渉に行ったらしい。

「泊りやったら、泊り、と最初からいうて貰わな困ります、予約がありますよって、別な旅館に行ってくれませんか？」

　私は男がかっとなって、松江を刺さないか、と心配だった。お静も、廊下をうろうろし、心配そうに二階を見上げていた。

　松江が階段の上に現われ、お静に、シーツを換えるように、命じた。

　十分後、男は荒々しい形相で階段を下りて来た。三十半ばで、浅黒い顔をしていた。頰骨が出、贅肉の全くない精悍な感じだが、一重の細い眼に無気味な殺気が漂っていた。

　男は帳場に坐っている私を、今にも飛び掛って来そうな眼で睨むと、旅館を出て行った。男の足音が消えた。彼の罵声と、刑事達の叫び声や、塀にぶつかるような音がしたのは、その直後だった。

「相当な悪や、逃げようとしよったな」

　と松江は呟くと、お静に、早く待たせている客を部屋に案内するように、と命令するのだった。刑事達と彼の格闘は二分以上も続いた。松江は、よっこらしょ、と、掛け声を出して立った。私が想像していた以上に、松江は緊張していたのだろう。

　二日たって男の正体がばれた。

　同棲していた女が、浮気をし、彼はその女を刺し殺して名古屋から逃亡して来たばかりだった。暴力団員で幹部クラスの男だった。

　その翌日、私は飛田遊廓の近くの飲屋で、気炎をあげている浅子に会った。

娼婦達は、そういう飲屋で客を拾い、馴染の旅館に行くのだった。

浅子は自分の金で飲み、酷く酔っていた。

「ええ男やった、本当にええ男やったで、悪いのは浮気をした女やないか、うちが、あの男やったら、矢張り浮気した女を殺してる、何や、うちに文句あるんか?」

と浅子が私を睨んだ。

「別に文句はないがな、人殺しは良くない」

私は興醒めた思いでいった。

飲屋に居た奈美子が浅子にいった。

「浅子、お前は毎日浮気してるがな、偉そうなこといわれへんで」

「うちはな、彼氏が居らんから、浮気するんや」

「ふん、銭貰ろて浮気か、余り恰好つけん方がええよ」

と奈美子がいった。

他の娼婦や客達がどっと笑った。

浅子は半狂乱になり、酒の入ったコップを振り廻した。酒が女達や客達の頭上に飛び散った。

「おかみの松江が悪い、警察に密告しよって、うちは知ってるで、あのおかみはな、ポコポコ使こて、自分でやっとる、うち、見たんや……」

ポコポコというのは、当時売られ始めた電動式の大人の玩具だった。今は何処

事件の夜

に入るが、当時は珍しかった。

奈美子が浅子の頰を擲ると、他の娼婦達が、浅子に襲い掛って行った。

浅子の姿は、西成飛田界隈から消えた。

そして間もなく、私も西成を出たのである。

娼婦が、初めて会った客に惚れることもあるのを、私は浅子によって知った。

あれから二十年、松江の旅館はアパートになっている。松江が何処で何をしているか、私は知らない。

昭和五十三年の初秋、私は古びたジャンパーを着て、西成（にしなり）の旧飛田（とびた）遊廓を訪れた。売春防止法が出来て以来約二十年になる。

旧飛田遊廓にはかつての面影はない。アルバイト料亭と名を変え、座蒲団売春を行なっている店はまだ残っているが、トルコに押され、細々と営業している。

私が旧飛田遊廓を訪れたのは、女を買うためではない。暴力団の抗争事件が起こり、連日のように新聞が、抗争事件を掲載しているからだった。

神戸のY組の組員が、親分を拳銃で撃った犯人を求め、大勢西成に潜入しているという報道も、私の興味を引いた。

二十年近い昔、私は西成に住んでおり、そういう男達や、彼等の女達をかなり知っていた。あの頃の組員と今の暴力団員はかなり違うらしい。だが、悪どいことをやっている点では同じなのだ。

私が抗争事件の最中に西成を訪れたのは、矢張りかつて西成に住んでいた者の郷愁かもしれない。

私は阿倍野の旭町の商店街を通り、旧飛田遊廓の方に向った。旧飛田遊廓の東側は一段と高くなっており、そこには一杯飲屋が軒を並べている。二台のパトカーが道を塞ぎ、飲屋の女達が集まっていた。数人の警官が厳しい顔で立っていた。ちんぴら風の若者が警官に腕を摑まれ、パトカーに向って喚いていた。私は女達の中に入り、パトカーを見た。事件でも起こし捕まったのかと思ったが、そうではなかった。パトカーの中にはジャンパー姿の中年の男が居た。頭は丸坊主で頬が削げ、顔は黝ずんでいる。

パトカーの中の男も明らかに暴力団員だった。彼の傍に警官が乗っていた。

「うるさい、ぶっ殺すぞ」

男が血走った眼を若者に向けた。かっとなった若者は喚きながらパトカーに突進しようとしたが、警官に腕を取られて動けなかった。

警官達は、こんな事件に慣れているらしく無表情だった。人間というものは環境に慣れる習性を持っている。警官だってそうだ。

警官達の無表情な顔を見て、私はたいした事件ではない、と思った。

私は旧飛田遊廓の近くにあるスタンドに入った。四十前後のおかみと、三人の仲居が居た。ジーンズ姿の三十前後の男が一人でビールを飲んでいた。

仲居の中で一番若い女が私の傍についた。

彼女は赤いジャケットを着、灰色のスカートをはいていた。スカートには点々と染みがついている。何の生地か知らないがぶ厚いスカートだった。年齢は三十から四十ぐらいの間だった。鼻は低く鼻翼が張っている。やや出歯気味で大きな唇が突き出ていた。眼窩(がんか)が窪み、眼が細い。彼女は私に身体を寄せると早速ビールを注文した。私は彼女の顔を眺めながら整形したら良い女になるだろう、と思った。もう少し鼻を高くし、眼を二重にする。出張った歯茎を削るわけにはゆかないから、口と釣り合いの取れるように顎をふくらまし前に出す。頑丈そうな頬骨も削る必要があるかもしれない。とすると、矢張り顔の殆どを整形せねばならない。

私は思わず笑ってしまった。

私の笑い声に釣られたように彼女はけたけたと笑い、私のコップに溢れるほどビールを注いだ。隣の客は仕事の自慢話をしていた。

自動車の修理工らしかったが、それにしては景気が良い。彼は女達にビールをじゃんじゃん飲ませていた。

私の傍についた女はきみよ、と名乗った。ありふれた名前だから、源氏名であろう。私は早く酔わなければならない、とウイスキーのオンザロックを立て続けに三杯飲んだ。抗争事件の最中である。私は多少怯(おび)えていた。

きみよが歌を歌おう、といい出した。百円玉一つでスイッチが入り、マイクで五分間歌えるのだ。きみよは表情たっぷりに歌謡曲を歌った。力が入ると、大きな尻を私にぶっつけ、マイクを壊れるほど握るのだった。

小鼻に汗を浮かべ、意味有り気に私を見る。自分の歌に陶酔しているようだが、その眼に商売気が現われていた。私のポケットの中の数個の百円玉が、あっという間になくなった。私が、百円玉はもうない、というと、きみよは照れたように笑い、喉（のど）が渇いたといって、またビールを注文した。

　きみよは私が何者か、全く気にしていなかった。私が酔えないのは、隣の修理工のせいである。細面で眼付が鋭く、なかなかの好男子だった。暴力団員という感じではないが、相当金を持っているようだった。

　突然きみよが私の股間に手を伸した。

「何にもないやないの、あんた男？」

　ときみよは訊き、大声で笑った。

「ふーん、君に触られた男は、皆大きくなるのかい？」

「そりゃそうよ、男なら……」

　きみよは、初めて窺（うかが）うように私を見た。

「きみよ、この間のあの男、大きかったやないの、あんなん、初めてや」

　修理工の傍の女がカウンターに肘をつきながらいった。きみよは、鼻頭の汗を拭うと、両手で、大きさを示した。三十糎（センチ）近い大きさだった。きみよは、親指と中指を動かし、その男の一物が、どんな恰好をしているか、私に教えた。そして、うーん、と唸りながら、右手の掌（てのひら）を持ち上げた。ペンで書いたのではないのに、真に迫り、私はその巨大さと重量感に圧倒された。修理工が女性じみた声で笑い、お前ならぴったりだろう、といった。

「冗談いわんといて、あんな馬みたいなやつ入れられたら、死んでしまう、うちのは小さいんよ、あれはね、大きいからといって、ええもんやない」

きみよの口調には実感が籠っていた。

「恰好つけるな、お前のでっかい口を見たら、穴も分るわい」

修理工が眼を細めてきみよを睨んだ。絶えず女をいたぶっている陰険な光が刃物のような眼に宿っていた。

黙っていたおかみが、きみよに歌を歌え、と命じた。修理工に喰って掛ろうとしたきみよは鼻を鳴らし、私に手を差し出した。

百円玉がないので、私は千円札を渡した。

二人の女が修理工に抱きついた。

「面白くない」

と修理工は呟き、おかみに勘定を命じた。

修理工の勘定は八千五百円だった。修理工は一万円札をカウンターに投げると、釣りは要らん、といって出て行った。

「馴染客かい？」

と私はおかみに訊いた。

「いいえ、車の解体屋さんよ、今日で三度目、きみよ、お客さんを怒らしたらあかんよ」

　とおかみはきみよを睨んだ。

　矢張り組員だろうか、と私は酔いが醒めて来た。きみよは不服そうな顔で、やくざが何や、と私に呟いた。

「Y組の奴、何人ぐらい入り込んでるんや？」

　と私はおかみに訊いた。

「百人以上という噂よ、色々な恰好してるから、一見では分らんわ、あの男も辛抱した方よ、普通ならきみよに手を出してるわ、今暴れたら、パトカー呼ばれるから我慢したんよ」

　とおかみはいった。

　私はスタンドを出ると旧飛田遊廓の中に入った。人通りは殆どなく、営業している店では、遣り手婆が必死になって眼を光らせていた。まるで腹話術でも使っているように、遣り手婆の声は、あちこちから聞えて来た。

　実際、彼女達は声を出さずに口を動かしているだけなのだ。眼と口を動かすだけで客を呼んでいる遣り手婆の皺だらけの顔は全く無気味だった。

　私は急いで旧飛田遊廓を出た。

　組の事務所の前は、機動隊で守られていた。時々坊主頭の組員と行き違ったが、彼等は何時ものように闊歩していなかった。

一杯飲屋は繁盛していた。重労働で疲れ果てた労働者にとって、抗争事件は安酒の恰好の肴であった。新聞に載っているように、商店街の人々や、長く住みついている家族持ちの者は、抗争事件を迷惑がっていたが、各地から流れて来た独り者の労働者達は、妙に昂奮していた。不況下でその日の仕事にあぶれ勝ちな労働者達にとって、抗争事件は鬱屈の捌(は)け口だった。

飛田商店街の裏通りの暗い露地には、内湯あり、四百円より、と書いたホテルが、ぽつん、ぽつんと建っていた。

こんな夜なのに、ホテルとホテルの間の小便臭い露地の入口や、路上に置き捨てられた店のラーメン屋の屋台の傍には、エプロン姿のぽん引が立っていた。彼女達は大抵(たいてい)四十以上で、なかには腰の曲り掛けた老婆も居た。

私の脳裡に、絶えず鼻頭の汗を拭いていたきみよの太い指がふと浮かんだ。若い頃は畠仕事をしていた指であった。

その時、四十半ばの細面のぽん引が私に声を掛けた。背の低い瘦(や)せた女だった。

「遊んで行けへん、三枚でええよ」

女は囁くようにいった。

他のぽん引と違って、彼女が女らしく思えたのは、小柄なせいであった。それにこの種の女にしては比較的声が綺麗だった。

私は首を横に振り歩きかけたが、ふと、彼女はぽん引ではなく街娼ではないか、と思った。この辺りのぽん引女は、街娼に早変りする。私が振り返ると、彼女は私の後ろ姿を眺めていたが、嬉しそうに近付いて来た。

ジャンパー姿の私を、彼女はお兄さん、と呼んだ。私が口を開くより早く、彼女は私の手を握っていた。痩せて骨張った掌である。

私が力強く握れば、骨が砕けそうであった。

「君が俺の相手をするのか？」

「そうよ、私は上手（うま）いんよ、ねえ、五枚出してよ、お兄さん、きっと満足するわ」

彼女はそういうと、身体に似合わない力で、私を露地に引っ張り込んだ。露地には壊れた自転車とリヤカーがあった。

五枚というのは五千円のことだった。

今の私はこの種の女と遊ぶには、余りにも老いていた。だが、一時間ばかり、彼女と酒を飲み、話し合うのも悪くない、と思った。内心そういうチャンスを狙って西成に来たのである。

「十枚出すよ、その代り一時間ばかり付合わないか、酒でも飲みながら喋ろう」

途端に彼女は私の手を離し、睨むように私を見た。明らかに彼女は私を警戒していた。どうやら彼女は、私をY組の廻し者と疑ったようだった。私は苦笑して顎を撫でた。

「俺が筋者（すじもの）に見えるかい？」

「筋者（すじもん）には見えへんけど、何で遊ばんと、話だけするんや、話相手なら、幾らでも居るやないの、けったいなお兄ちゃんやな」

　彼女の表情は固く、まだ警戒心を解いていなかった。新聞ではY組の殺し屋達が金をばら蒔き、情報を集めている、という。普通なら彼女達は、思わぬ金が入るので、喜んで協力する筈だった。ところが、眼の前の女は、そういう連中を嫌っているようだった。

　私は彼女に興味を覚え、昔ここに住んでいた、と告げた。

「本当かいな、新聞社の人と違うか？」

　と彼女はいった。

「新聞記者やったら、あかんか？」

「話すこと何もない、うちはやくざの殺し合いには関係もないし、興味もない、だからあんたは金の遣い損になる、後で文句をいわれたら、腹が立つからな」

　彼女はなかなか慎重だった。

「絶対文句はいわん、ただ、酒を飲んで話をしたいだけや、この辺りも昔と変ったなあ、町の名前も変ったし、廓の近くにあったサロンもなくなった」

「何というサロン？」

　暗闇の露地の中で、女の眼が光った。

　私は松田町に居た頃、二、三度行ったサロンの名を告げた。

「ああ、あの店なら、もう十年前になくなった、今はアパートになってる、本当に一万円くれるの？」

「嘘はつかん、金はある」

私はジャンパーのポケットから、一万円札を出して、女に見せた。女がその一万円札を取ろうとしたので、私はジャンパーのポケットになおした。

「金を渡すのは、旅館に行ってからや」

と私は答えた。

そんなに質の悪い女に思えないが、ここで一万円渡したら、持ち逃げされる危険性があった。私がにやりと笑うと、女は鼻を鳴らした。年増の街娼らしい、すれっからしの音が、ほろ苦く私の胸を衝いた。

「俺の知っている旅館に行きたいな」

私は東田町にあった旅館の名を告げた。

「あそこはもうないわ、お兄さん本当に詳しいんやね、私の知ってるホテルに行こうよ」

と女は馴れ馴れしくいった。

彼女達は、それぞれの旅館と契約しており、客を連れて行くと、少しだがリベートを貰えるのだ。薄汚れた壁の剝げた四畳半に案内される。それはそれで良いのだが、そこには先客が使用した蒲団が敷かれている。一時間という約束でも、貪欲な、豚のようなおかみが、咳払いと共に入って来て、彼女に電話が掛って来た、といって私を追い出すに違いなかった。

「余り気が進まないな、俺は臆病なんだよ、山王町の旅館に行こう、勿論、もう少しはずむぜ」

　女は初めて低い声で笑った。

「私に恐いお兄さんがついていると思ってんの？」

　私は黙っていた。

「お兄さん、眼がどうかしてんのと違う、私は四十よ、子供に貢いでも、男に貢いだりせんわ、お兄さんは知らんのね、私の馴染の旅館じゃないと、一寸具合悪いんよ。私達にも、ルールというやつがあるんよ」

「それは知っている、だから、もう少しはずむといっているんだぜ、駄目なら止す」

　私の意志が変らないのを、女は感じたようであった。女は露地に響くような深い吐息を洩らした。そして苛々したように足踏みした。女は私に時間を訊いた。丁度十時半だった。私は壊れたリヤカーに腰を下ろした。

「ねえ、千円くれない、旅館のおかみと話をつけて来るさかい、お兄さん、うちは正直もんよ、お客を騙したりせえへん」

　私は遠い昔、同じ言葉をこの辺りの女から聞いたような気がした。私は黙って千円札を差し出した。女は嬉しそうに小走りに去った。あれは何という名の女だったろうか、と私は煙草に火をつけた。西成に居た頃、私は娼婦や、飲屋の細君や、サロンの女と遊んだ。サロンといっても、一時代前のヌード小屋のような店だった。安化粧を塗りたくった女達は、廓の中の女達と変りなかった。違っているのは、サロンの女達にはひも付が多い、ということだった。そしてひもの殆どは、西成界隈の暴力団員だった。

　そういうことを知っておりながら、私は三度、そのサロンに通った。そういう店には勿体ない、稚なさを残した愁い顔の女が居たからだ。彼女を知ったのは、飛田遊廓前の大門通りの大衆食堂だった。店に入る前、彼女は必ずその食堂に寄り、親子丼か肉丼を食べていた。洋食を食べているのを見たことがなかった。或日、酒に酔った労働者が、彼女をからかった。確かに彼女は、男達がからかわずには居れない魅力を持っていた。彼女は男達を無視した。その無視の仕方は捩り鉢巻の男達を全く問題にしていないような冷やかさがあった。彼等は侮辱に対して敏感である。卑猥な言葉を吐きながら、彼等は彼女の席に坐り込み、酒臭い息を吐きかけた。

　突然、彼女は店中に響き渡るような声で叫んだ。

「私に会いたかったら、店にお出よ、手ぐらいなら握らせてあげるよ」

　男達が彼女の一喝に唖然として黙り込むと、店の親爺が慌てて出て来た。親爺の口からK組の名が出た。西成では有名な売春暴力団だった。男達は酔いが醒め、店を出て行った。私は直ぐ隣の席に居たので、一部始終を眺めていた。男達が出て行くと、彼女は神経質そうに眉を寄せ、私を睨んだ。

　彼女は私の視線に憎しみを抱いたようだ。

「何をじろじろ見てんの、そんなに見たいなら店にお出よ、もっと良いとこ見せてあげるよ」

「そんな積りじゃなかった、怒るなよ」

と、私は会釈した。

彼女は顔をそむけると、食べかけの親子丼を置いたまま、食堂を出て行った。

私は親爺に、彼女が勤めている店の名を訊いた。一度も行ったことはないが、食堂の近くにあるサロンだった。

「兄ちゃん、うるさい男がついとるで、やめといた方が良い」

と親爺は私に忠告した。

だが或日、私は酔った勢いで、そのサロンに行ったのだ。私は正直者や、お客を騙したりせえへん、といったのは、その彼女だった。私は壊れたリヤカーに坐り、彼女の名前を思い出そうとしたが、店の名前さえ思い出すことが出来なかった。

小走りの足音がして女がやって来た。驚いたことに女は薄化粧をし、口紅を塗っていた。女はぽん引から年増の娼婦に変っていた。

「私の勘は当るんよ、必ず旦那さんは待っていてくれる、と思っていた」

彼女は嬉しそうにいうと、私に両手を差し出した。旦那さんと呼ばれ、私は苦笑しながら、痩せた女の手を取って立った。

「旦那さんは優しいんやね」

と女は上眼遣いに私を見た。

歩きながら女は、十八の時に西成に来た、と話した。私がずっと住んでいるのか、と訊くと、十年ほど各地を転々としたが、五年前に戻って来た、という。

「住み易いもんね、ここは、ほら、気楽に寝てはる、私と同じように、やくざの喧嘩も、この人には関係あれへん」

道端の浮浪者を眺める女の眼は暖かだった。茣蓙を敷き、丸めた毛布を枕代りにした浮浪者が寝転んでいた。頭のところに古びたポリバケツが置かれていた。

「あのバケツ、何に使うか分る?」

と女は訊いた。

「水を汲んで、顔を洗うんだろう」

女は前かがみになって笑った。笑い止んだ女の顔は真面目だった。

「道端に寝ている人にも色々いるんよ、この人はね、ポリバケツに小便するんや、公衆便所に行くの、めんど臭いからね、だけど紳士よ、身体を横にして、道にしゃあしゃあやる人が多いからね、昔は紳士やったんよ」

いわれてみると、彼の寝顔には何処となく品があった。この辺りには、様々な過去を持った人が集まっている。

大学教授だった男も居るし、殺人者も居た。私には、この浮浪者が便器用のポリバケツを、何故頭の傍に置いているのか、不思議だった。私が理由を訊くと、彼女は頷いた。

「盗まれないためや、何なら、旦那さん、バケツに手を掛けてみたらええわ、きっと、腕を摑まれるわ」

女は優しく笑った。

垢だらけの手で摑まれると思うと、余りぞっとしない。だが路上に寝ている浮浪者にとっては、バケツは大事な財産だった。

女は私と腕を組もうとした。

「おい、よせよ」

と私はいった。

「腕を組ましてよ、腕を組んだらアベックになるんよ、ポリ公に訊問されることもないし、堂々と歩けるやないの」

これも彼女達の生きるための智慧だった。

私は仕方なく、彼女と腕を組んだ。鋭い鎌のような月が、空の色と異なった薄墨色の雲の間から覗(のぞ)いていた。雲の切れ目が氷原のように白く光っていた。近くで、けたたましいパトカーのサイレンが鳴った。拳銃の音は聞えなかったから、また喧嘩でも始まったのかもしれない。パトカーのサイレンは聞き慣れているが、その殺気立った響に、私は昨年訪れたパリのパトカーのサイレンを思い出した。あれは私がピガール広場を散策している時だった。日本のパトカーと異なり、パリのパトカーは、人通りの多いピガール広場を狂ったように走って行った。乗っている警官は通行人達を無視していた。パトカーは二台だった。数分後、私は拳銃の音を耳にした。

「旦那さんの名前は？」

と彼女が訊いた。

「黒木だよ」

「本当の名前じゃないね」

彼女は東京弁でいった。

「本名だよ、君の名前は？」

「色々あるよ、皆は幸子と呼んでいる」

「幸子か、幸せの子だな」

「幸せなんか縁がないよ、だけどさ、名前だけでも、幸せな子にしておかなくっちゃね、昔の名前は忘れたよ」

多少関西なまりはあるが、彼女の言葉は完全に東京弁になっていた。多分、何年間か東京で暮したことがあるのだろう。

「面白い小母さんやな」

と私は呟いた。

「阿呆な女や」

と幸子はまた大阪弁に戻った。

私達は山王町の方に歩いて行った。

スタンドには「女入用」と書かれた紙が到るところに貼られていた。年中無休、調髪七百円よりという看板が私の眼を引いた。

ホテルの泊り代は、三百五十円ないし、四百円からである。泊り代に較べて調髪料は高い。

幸子は歩きながら歌を歌った。十年以上前に流行した古い歌謡曲である。

狭い横道の突き当りに一軒の旅館があった。道の左側は古びた塀で、右側にはお好焼店と不動産屋があった。塀には「小便するな」という貼り紙があった。貼り紙の傍に、下手な字で、オ××するな、と彫られていた。ナイフで彫ったに違いない。

旅館の汚れたガラス戸を開けると、陰気な顔の中年の女が帳場から出て来た。

「一寸、休憩したいんやがな」

と私はいった。

おかみらしい女は、私の全身に針を突き刺すような眼付になった。

「お酒あんの？」

と幸子が訊いた。

「ありますよ、御休憩ですか？」

おかみが不思議そうに訊いたので、私は頷き、良い部屋頼むぜ、といった。

おかみは私達を二階の六畳の間に案内した。小さな床の間があり、花瓶が置かれていた。私は銚子を四本頼んだ。

「二本でええわ、なくなったら、また注文したらええ」

と幸子がいった。

おかみが去ると幸子は、本当に酒だけを飲むのか？　と訊いた。私は、うん、と答え
幸子に一万二千円渡した。

「変ったお客さんや、旦那さんみたいな人、初めてよ、でも約束やから貰うとくわ」

幸子は余り嬉しそうな顔をしなかった。

卓袱台に置いた金を帯の間にしまった。

旅館のおかみが、二本の銚子と焼いたするめを運んで来た。

「お風呂は階段を下りた右側の突き当りにあります」

おかみの眼が押入れに向けられた。

「風呂も蒲団も要らん」

と私がとがった声でいった。

部屋は蒸し暑く、便所の匂いが籠っていた。私は表通りに面した窓を開けた。三味線の音、カラオケで歌う酔客の声が聞えて来た。幸子は無口になっていた。私が何故幸子を誘い、共に酒を飲む気になったのか、考え込んでいるようだった。

いや、考え込んでいるというのは私の思い違いだった。一本の銚子をあっという間に空けた幸子は、足を伸すと私の膝の辺りを突くのだった。つまり幸子は私と寝ようと思っていたらしい。そのこと以外、幸子には関心がないことに、私は気付いた。

「今日はね、一人もお客を取ってへんのよ」

眼にせい一杯の媚を浮かべて、幸子は私を見た。幸子は、今日は自分の身体は綺麗だ、といっているのだ。何とかいわなければ、幸子は押入れを開け、勝手に蒲団を敷きそうだった。私には幸子の気持が分らない。

酒を共に飲む約束で来たのだし、幸子は一万二千円を受け取っている。客に抱かれずに済むのだから、幸子は喜んで良い筈だった。

「たまには、こういう気楽な商売をしても良いだろう、余り使い過ぎると毒だぜ」

幸子は私を睨み、自嘲的な嗤（わら）いを浮かべた。

「私も落ちたね、そんなに魅力がないかい？」

幸子は自尊心を傷つけられたようだった。

幸子にとって、私は傲慢（ごうまん）な客だった。多分、幸子は自分の容姿に、まだ自信を持っていたのかもしれない。私は狼狽（ろうばい）し、何とか幸子の気持をなだめよう、と思った。

それには幸子を納得させる理由が必要だった。私は仕方なく、嘘をついた。

「済まなかった、俺は嘘をついていた、今度の事件を取材するために来たんだ」

私はもう一度詫びた。

「ふん、やっぱりブン屋か……」

幸子は吐き出すようにいうと、手を叩いておかみを呼び、酒を頼んだ。

「コップ酒にして」

　幸子はいうと、両肘を卓袱台についた。

「あんた、私はやくざには関係ないんよ、やくざ達はね、私のようなお婆さんとは遊ばない、奴等は若い女の子と寝ながら、情報を集めてんのよ、私を誘うなんて、ブン屋にしてはじゃりね」

　幸子は両手の拳を握った。指の骨の関節が立て続けに鳴った。無気味な音だった。

　二十年の歳月が消えた。消音銃が次々と発射されるようなその音を、私は記憶していたのだ。眼の前の老いた娼婦は、大門通りの大衆食堂で、労働者に絡まれたあの女であった。彼女の名は覚えていないし、顔もさだかではない。だが幸子があの時の女なら、私は幸子と寝たのだ。

　当時の幸子は、K組の暴力団員の情婦だった。食堂の親爺に忠告されながら、私は彼女が勤めているサロンに行った。小さな店なので、名前は分らなかったが、彼女の姿は直ぐ眼についた。私が暴力団の情婦である女に会いに行ったのは、彼女が、昔知っていた女に似ていたからだった。終戦後の一時期、私は闇ブローカーをしていたことがあった。その時、知り合った闇酒場の女だった。

　女の名前は忘れてしまったが、一緒に海に泳ぎに行ったりした。愁い顔だが、そういう容貌に似合わない勝気さを持っていた。

　何度寝たかも覚えていなかった。特別愛したわけではないが、私は彼女に会うと鼻持ちならない気炎をあげることが出来た。

学校に行くよりも、闇屋をしている方が、生きているという実感を味わえる、などという青臭い気炎だった。だが彼女は、私の気炎を嘲笑せずに受け入れてくれた。

K組の暴力団の情婦は、その女に似ていたのである。

彼女は大門通りの食堂で、度々顔を合せた私を覚えていた。三度目にその店に行った時、私はかなり酔っていた。私はラジオ小説に入選し、一万円の賞金を貰っていた。

暴力団の情婦であることを知りながら、私は彼女を誘ったのだ。勿論、彼女が誘って貰いたいような言葉を口にしたからだ。

彼女があっさり承諾したので、私は急に酔いが醒めるような気がした。

「今夜は絶対大丈夫、G組の連中とやり合う、といっていたから」

彼女は何でもないことのようにいって、私を慄（ふる）え上らせた。

「君とのことが知られたら、俺はぐさりとやられるな」

「知れることとないよ、私が喋らないから」

「君の亭主だろう？」

「亭主じゃないよ、女房も子供も居るわ、普通なら身体を売らされるんだけど、あの人、私を気に入って、ここで働かせているんよ、本当は逃げたいんだけど、それもめんど臭いから、仕方なしに働いているの、気が強そうに見えるけど、私って、あかんたれ」

彼女は自嘲的な嗤いを浮かべた。

私はこの近くで会う気には到底なれなかった。私は難波のN劇場の前で待っている、といった。出来るなら明日の昼の方が良い、といったが、彼女は、今夜以外は駄目だ、ときっぱりした口調で答えた。

私はN劇場が見える地下鉄の階段に立ち、顔だけ出して、彼女を待った。果して彼女が一人で来るかどうか、私には自信がなかった。暴力団の情婦である彼女が、何故私と遊ぶ気になったのか、私には理解出来なかった。だが彼女は一人でやって来た。私は用心して、暫く監視していた。

彼女は二十分ほど立っていたが、諦めたらしくタクシーを呼び止めようとした。

「おーい、ここだ」

と私は大声で彼女を呼んだのだ。

近くの旅館に入った時、彼女は、怒ったように、お客を騙したりはしない、といった。寝物語りに彼女は、高校を中退し、大阪に出て来たが、今の男に引掛ったと告白した。男に愛情は抱いていないようだった。

勇気を出して逃げれば良い、運というものは自分で掴み取るものだ、と私は説教した。彼女が拳の骨を鳴らしたのはその時だった。彼女はスタンドの明りをつけると、全裸になって立った。私は彼女の下腹部を見て息を呑んだ。一匹の蛇が彼女の草叢に寝そべっていた。蛇の鎌首は太腿に達し、口を開け、長い舌を出し彼女の股間を窺っていた。

彼女は何時までも立っていた。

私がスタンドの明りを消すと、彼女は裸のまま、その場に蹲って泣いた。

「毎日、薬を射たれて、入墨されたん」

と彼女は泣きじゃくったのだ。


指の関節を鳴らしただけで、眼の前の幸子が、あの彼女とは断言出来ない。ただ華奢な身体つきは、彼女に似ていた。

確かめるのは簡単だった。一緒に寝て下腹部を見れば良いのだ。だが、それを知ったからといって、私にはどうすることも出来ない。それこそ、彼女に対する、いや人間に対する侮辱以外何物でもなかった。

またパトカーのサイレンが遠くで鳴った。

「やくざというやつは、人間の屑だ」

私は吐き出すようにいった。

「女をいたぶるやくざは、人間じゃない」

幸子は激しく手を叩くと、お酒よ、と叫んだ。泣いているような声だった。

私は便所に行く、といって階段を下りた。

おかみに一万円札を差し出し、釣りの分だけ飲ませてやってくれ、といった。

私は怪訝そうな顔のおかみに説明した。

「昔、知っていた女なんだ、なあ分るだろう」

多分、私の顔は、やり切れなさで歪んでいたに違いない。

「分らんけど、分りまっせ」

とおかみは真面目な顔で、素早く一万円札を受け取った。

雲の花

　雨が降る前になると、お峯の身体は重たくなった。時には身体の節々が痛むこともあった。お峯は今年で三十三になる。身長は一六〇糎だが、身体は痩せていた。乳房も小さく鎖骨も飛び出していた。だが、客はお峯の肌は彼女の身体つきに似ずなめらかで柔らかい、といった。お峯が客を取るようになってから三年になるが、確かに身体が痩せた割合には、肌は衰えていなかった。お峯は大阪の都島のマンションに住んでいる。マンションといっても1DKだし、周囲が場末の感じなので、家賃は安い。

　お峯が客を取るようになったのは、前の亭主の三郎が亡くなってからだった。三郎はタクシーの運転手だが、俗にいう雲助運転手で、タクシー会社を転々としていた。運転技術には自信がある、腕は確かだといっていたが、深夜空車で帰る途中暴走し、トラックと正面衝突してしまったのだ。反対車線に出て衝突したのだから、事故の原因は一方的に三郎の側にあった。三郎の遺体は見るも無残で、顔も三郎だとはっきり分らないほどだった。お峯はこれまで何人もの男と別れているが、三郎のように死んだ者は居ない。

　三郎の前の龍二は殺人罪で刑務所に入っている。人を殺した原因は喧嘩であった。

そういう意味で、お峯は男運が悪い。

お峯に客の世話をしている浩介は、元結婚相談所を経営していたが、今は相談所の看板を外し、もぐりで売春の斡旋をやっていた。浩介にいわすと、お峯は人が好過ぎた。お峯自身は、そんなに人が好いと思っていないが、彼女は自己主張の出来ない女だった。情に弱いというか、男に強くいい寄られると、拒絶出来ない性格だった。

お峯には最初の男の子供があった。娘で今はもう中学生だが、山陰の実家に居た。お峯の母親が育てているのである。お峯の実家は小さな雑貨店だった。母は五十半ばだがなかなかの働き者で、幸い身体は健康だった。お峯は勿論、娼婦をしていることなど内緒にしている。ただ月々、養育費として、三万円送っていた。

お峯は最初から身体を売る積りで、浩介が経営していた結婚相談所を訪れたのではない。三郎があんな事故で死んで以来、お峯は暫く飲屋の仲居をしていたが、一人で居ると不安で、今度こそ良い結婚をしよう、と思ったのである。飲屋の客にはお峯を口説く者が多かったが、お峯はこれまでの経験で、そういう客と関係を持ったなら、また不幸なことになる、と思っていたのだ。結婚相談所が売春斡旋所とは知らなかった。そういう意味で、お峯は社会常識に無知なところがあった。浩介はお峯を見て、娼婦には最適な女だ、と独特の嗅覚を働かせた。

浩介は懸命にお峯を口説いた。客筋は良いし、トラブルは起こらない、だから今のうちに稼いで、将来に備えた方が良い、といった。浩介は顔色の悪い痩せた男で、一見善良そうだった。売春斡旋業者とは、到底思えない。ただ、話し始めるとなかなかの熱弁で、自分の言葉に酔い、瞬(また)きしたり、一人で頷いたりした。それでもお峯は、一応断わり家に戻った。ところが数日後、浩介が訪れて来た。

お峯は自分の住所を記入欄に書き込んでいたのである。結局、お峯は浩介の熱意に負けた。自分の意志を最後まで貫き通せないのがお峯の性格の弱点だった。だから、浩介はお峯に、あんたは人が好過ぎる、というのだった。浩介は外見に似ず、なかなか頭が切れる男で、他の結婚相談所が売春斡旋で検挙されたのを知ると、さっさと看板をおろしてしまった。今は近くのアパートの一室を事務所にして、電話一本で客に女を紹介していた。浩介は独身だった。子供は居るが離婚した細君が養っているらしい。

その日もお峯は身体が重くなった。四十五キロほどの体重だが、急に十キロも太ったような感じになる。階段を上り下りするのがしんどかった。こんな時は客を取るのが嫌になる。

だから浩介から電話が掛って来ても、お峯は出なかった。電話に出てしまうと、浩介の強引な口説きに負けて、出掛けるはめになる。お峯が住んでいるマンションの近くには、飲屋、スナック、ラブホテルなどが出来、深夜まで賑やかだった。カラオケで歌う客の声は二時過ぎまで続く。それに喧嘩もしょっちゅうである。

ぼんやりベッドで横になっていると、優美な山陰の山々と、神が住んでいるような神秘的な雲が瞼に浮かぶ。日本海の波は荒かったが、山々や雲の風景は神秘的だった。お峯は千万円ぐらい貯めたなら、故郷に戻り、小さな店でも持ちたい、と思っていた。だが、三年間で、お峯の貯金は三百万円ぐらいだった。

服代や生活費で収入の半分は飛んでしまう。それにお峯は酒を飲むので、どうしても貯金の額が少なくなるのだ。毎月十万、貯金出来たなら、良い方だった。お峯が飲みに行く店は、マンションの近くのスナックである。夫婦で経営しており、この辺りのスナックとしては、客筋が良かった。比較的客が大人しく、喧嘩など余り起こらなかった。お峯は客を取った深夜は、殆どそのスナックを訪れ、水割を飲む。気持良く酔った時はカラオケで歌ったりした。ところが、客を取らない夜は、飲みに出掛けるのが億劫で、ベッドでごろごろしながらテレビを観る。そんな時は、ビールぐらいしか飲まない。

お峯の客には色々な男が居た。サラリーマン、商店主、工員、セールスマン、時には教師タイプの客も居た。お峯は下品な客は好きではなかった。下品な客と会うと、これまで苦労させられた男達を思い出してしまう。客としてお峯が一番好きなのは、気のおけない商店主だった。勿論、商店主にも色々あって、ねとっとしたしつこい男も居たが、だいたいは気が楽である。

十時頃また電話のベルが鳴った。放っておいたが鳴りやまない。お峯の馴染客が、お峯を指名したので、浩介としても、他の女をあてがうわけにはゆかないのであろう。だから浩介は必死なのだ。商売に掛けては熱心な男だった。長い間鳴り続けているので、お峯は根負けした。お峯は送受器を取った。浩介はせき込んだ声で、お客さんが、お峯でなければ駄目だ、といっている、という。

「分ってる、分ってる、明日は雨で、身体が重たい、というんだろう、何度もいうてるように気の持ちようや、お客さんは徳田はんや、あんたも、ええお客さんや、というとったやないか……」

　徳田は塗料店の店主だった。もう五十半ばだが、若い時から肉体労働で鍛えあげた身体はたくましかった。髪は少し薄くなっているが、徳田の身体は五十半ばとは到底思えなかった。徳田は痩せた女が好きだった。お峯を気に入って、月に二度ぐらいは呼んでくれる。それに、遊んだ後、お峯に五千円ぐらいチップをくれた。お峯の場合は、一時間一万五千円である。二時間だと二万五千円になる。浩介が三分の一、お峯は三分の二を貰う。だから一時間だと、お峯の取り分は一万円だった。だから徳田のように、余分に五千円もチップをくれる客は上客だった。何時もなら喜んで出掛けるのだが、今日のお峯には、徳田の頑丈な身体が、鬱陶しかった。

　だが送受器を取ったことで、勝敗は決まっていた、じゃ、頼むで、と浩介はいって電話を切った。

　お峯はベッドから下りると鏡の前に坐った。気のせいか、何時もより肌に艶がない。お峯はバスルームに入った。何時でも入れるように湯は熱くしてあった。暫く熱い湯につかり汗を流してからバスから出ると、少しだけ身体が軽くなったような気がした。お峯は裸のまま掛け声を出して体操をした。商売をする以上だらけた気持では駄目である。

そういう点では、かなりプロ根性が出来て来ていた。赤いパンタロンスーツを着、おしゃれ眼鏡を掛けたお峯は、ゆっくり石の階段を下りた。案の定、夜空は厚い雲で覆われていた。明日は雨に違いなかった。酔った通行人がお峯に声を掛けるが、お峯は相手にしない。

行きつけの喫茶店で、徳田はジャンパー姿で煙草を喫いながら待っていた。

「済みません、遅くなって、今日一寸(ちょっと)気分が悪かったんです」

「明日は雨か、しかし気の持ちようや、俺はこんな湿気の強い夜が好きやな」

こういう夜は身体がうずくんや、といわんばかりの眼で、徳田はお峯を見た。お峯はコーヒーを一杯飲むと、徳田と並んで喫茶店を出た。徳田は通りでタクシーを拾った。徳田はこの辺りのラブホテルには入らない。何時も梅田に行く。人眼を気にしているのだが、徳田はお峯に、お前となら梅田界隈(かいわい)を一緒に歩いても恰好が悪くない、といっていた。赤いパンタロン姿のお峯は、化粧が薄いし、痩せてスタイルが良くなったので、娼婦には見えなかった。鬘(かつら)でも被ると三十前に見られることがあった。

梅田のホテルで、徳田は精力的にお峯の身体をむさぼった。何時もならお峯も燃える、今日のように体調の良くない日は、徳田の身体が重たく息苦しかった。お峯が呻(うめ)くと、徳田は勘違いして、痩せたお峯の身体を力一杯抱き締めた。お峯は苦しい、苦しいと呻いたが、徳田はお峯の言葉など耳にしていない。卑猥(ひわい)な言葉を吐きながら徳田は終った。お峯はほっとし、ゆっくり深呼吸した。心臓の鼓動が激しく、頭に響く。徳田は大の

字になり、口を開けて荒々しい息を吐いている。これが四、五年前だったらな
「ああ、わしも年齢やな、この頃は疲れるようになった。
あ」
　お峯は持って来たビデで身体を洗った。徳田はベッドの上で仰向けになったままであ
る。直ぐベッドに戻ると、また押えられそうな気がしたので、お峯は、バスに入らな
い？　と声を掛けた。お峯がバスにつかっていると、徳田は物足りなそうな顔で入って
来た。
「どうや、これから飲みに行けへんか？」
　徳田はバスの中で、お峯の身体を抱き寄せながらいった。お峯は、今夜は疲れている
から帰って寝る、といった。お峯は梅田で徳田と別れ、タクシーを拾い、浩介の事務所
に行った。今夜の徳田はチップをくれなかった。浩介の部屋には二十前後の若い女が一
人居た。お峯と同じように金を貰いに来たのだろう。スナックに勤めている女、といっ
た感じだった。脚を投げ出し、壁にもたれて煙草を喫っている。投げ出された脚は太い。
彼女は色白だが顔が大きく眼が小さかった。美人ではないが、男好きのするタイプであ
る。お峯を見ると、顔に似合わない可愛い声で、今晩は、といった。
「今晩は、あなたとは初めてね」
　お峯が声を掛けると、浩介が渋い顔で、彼女に、もう遅いやろ、帰った、帰った、と
いった。浩介は女同士が親しくなるのを好まなかった。お峯は浩介に、今夜の徳田さん

は好かん、とこぼした。

「分ってるがな、それがこの商売や、自分も愉しんで金を儲けようというのは虫が良過ぎる、大体、辛い時の方が多い」

そういいながら浩介は、お峯に一万円札を渡すと、大きな欠伸をして、そろそろ終りやな、と呟いた。

お峯が浩介のアパートを出て、都島の方に歩いて行くと、さっきの女が電柱の後ろから、お姐ちゃん、と声を掛けた。

「吃驚するやないの、どうしたん?」

「私ね、美晴というの、あの小父さんのところで働くようになってから、まだ三ケ月目やけど、お姐ちゃん、長いの?」

大阪弁と標準語をちゃんぽんにしたような喋り方だった。三年になるとはいい兼ねた。お峯は一年余りよ、と答えた。

「まあ一年も、長いのねえ、私は一年もよう働かんわ、ねえお姐ちゃん、旦那居るの?」

と美晴は小さな眼を細めた。

「旦那って、ひものこと?」

お峯には、この年齢頃の女の気持が分らない。だいいち、初めて顔を合したばかりである。全く礼儀知らずの質問だった。だが美晴にはお峯の気持は通じなかった。美晴はにやっと笑って頷いた。

「男に貢ぐために働いているんじゃないんよ、そんな馬鹿らしいこと、出来ないわ」

「私も同じよ、美晴ね、梅田のスナックに勤めているの、お客があった時だけ、お店を休むの」

美晴は馴れ馴れしくいって、お峯と肩を並べて歩き始めた。お峯は美晴に、この頃のスナックは良い給料でしょう、と訊いた。

「八千円よ、馬鹿馬鹿しいわ」

お峯は余り良い気がしなかった。八千円を棒に振って客を取る以上、客からかなりの金を貰っているに違いない、と思ったからだ。

浩介が女にランクをつけているのを、お峯は知っていた。浩介はお峯に、一時間一万五千円が最高だ、といっているが、多分美晴はそれ以上貰っているに違いなかった。背はそんなに高くないし、顔も平面的である。美晴の取り柄といえば若さだけであった。

だが客に取っては、その若さに価値があるのかもしれなかった。

美晴はお峯に、これから飲みに行かないか？　といった。スナックの連中達は、美晴が客を取っているのを知らないらしい。

「矢張り気を遣うわ、その点、お姐ちゃんなら安心が出来る、それに優しそうやし」

甘ったれたことをいうんじゃないよ、とお峯はいいたかった。だが、相手は二十前後である。優しそうだ、といわれると、余り悪い気はしなかった。お峯は美晴に、何時頃から客を取るようになったのか？　と訊いた。

「高校生の頃、十六ぐらいやったかなあ、ディスコに行くお小遣が欲しくて、男と寝るようになったん、あの当時は結構愉しかったわ、今はディスコで踊っても面白くないし、本当に愉しいことなんて、何もないわ、お金を儲けても、服を買っても、何となくぴんと来えへんのよ、退屈やわ、だからお酒を飲むのよ」

　お峯は吃驚して、美晴の年齢を訊いた。

「もう二十一になったわ」

　と美晴は答えた。

　その夜お峯は都島のスナックで、美晴と割勘で飲んだ。美晴はウイスキーの水割を何杯も飲み、カラオケで歌を歌った。胸が大きいせいか声量があり、演歌はなかなか上手い。

　客達は、美晴が歌うと一斉に拍手した。お峯は酔いが廻らず、何時ものように気軽に歌えなかった。マスターにリクエストされ、歌ったが高い声が出ずに掠れてしまった。美晴の拍手だけが、やけに大きくお峯の耳に響いた。午前二時になったので、お峯は美晴に店を出よう、といった。美晴の部屋もお峯の近くだった。美晴はお峯に親愛感を抱いたらしく、自分の部屋に来て泊らないか、と誘った。十以上も年齢の違うお峯を、友達のように思ったようである。お峯は一人でないと眠れない、と美晴の誘いを断わった。お峯には、美晴がたくましく思えたし、また危なっかしくも感じられた。高校生の時、小遺稼ぎに男と寝、家を飛び出してスナックに勤め、それだけでは飽き足らずに売春をして稼いでいる。売春に対して罪の意識など全く持っていないようであった。お峯はお峯なりに、浩介に口説かれて、客を取るまで、かなり悩んだのだ。

「お姐ちゃん、ここのマンションなら知っているわ、今夜は楽しかったわ、じゃあね！」

美晴は手を挙げると、口笛を吹きながら、深夜の道を颯爽と歩いて行った。

お峯はおしゃれ眼鏡を外し、そんな美晴を眺めていたが、次第に羨ましくなって来た。美晴は将来、こういう商売から足を洗うだろう。そして美晴は、客を取っていたことなど、けろっと忘れるに違いなかった。

だがお峯は目的の千万円を貯め、故郷の山陰に帰ったとしても、一生忘れないだろう。階段を上っている最中、急に身体が重くなり、お峯は思わず踊り場で、しゃがみ込んでしまった。


それから美晴は時々お峯の部屋に遊びに来るようになった。スナックに勤める前に、一寸高い紅茶を飲んだりする。お峯がめんど臭い時は、自分勝手に作って飲むのだった。美晴の実家は神戸だった。母は美晴が小学生時代に亡くなり、父は建材店を経営していた。

なかなかの遊び人で、外泊も多かった。

そんな時美晴は、妹のために食事を作り、二人で食べたりした。美晴は中学校の三年生の頃からディスコに行くようになった。初めて男を知ったのは、中学校の三年生の時である。相手はディスコの仲間で高校生だった。そんな話を聴くと、お峯は山陰と都会の高校生の違いを感じた。お峯も高校を出ているが、最初の男は漁師の若者で、お峯が高校を出、漁業組合に勤めている時だった。

「お父さん、元気なの？」

とお峯は美晴に訊いた。

「ああ、再婚してるわ、丁度お峯さんぐらいの女やな、妹も、もう高校生やけど、家を出たい、というとったわ、だから世の中はそんなに甘くない、とお説教してやったの」

美晴は胡坐（あぐら）をかき、肩を揺すって笑った。

流石（さすが）に、妹にだけは同じ道を歩ませたくないのであろう。美晴は客を取る以外、適当にボーイフレンドと遊んでいるようである。

スナックの若い客が多かった。ボーイフレンドと遊ぶ場合は、金を取らない、という。

「遊びと商売は違うからね」

と美晴はいった。

ただお峯が驚いたのは、美晴は男に惚れない、と断言していることだった。男に惚れると結局利用され、紙屑のようになって捨てられるだけで、ろくなことはない、というのだ。お峯が三十になってやっと気付いたことである。お峯が美晴にそんな経験があるのか？　と訊くと、美晴は家出した頃、ちんぴらやくざに引掛って酷い目に遭った、と話した。幸いその男が、美晴の友達の方に乗り換えたので別れることが出来たのである。美晴が神戸から大阪に来たのも、前の男と顔を合せたくないためであった。

「お峯さんは、余り男で苦労していないんと違う？」

と美晴はいった。

「私も苦労したよ、前の前の男は刑務所に入っているわ、人を殺して」

美晴は、へえ、と眼を見張り、やくざだったの？　と訊いた。刑務所に入った男は龍二といい、俗にいうぐうたら者だった。どんな職についても長続きしないのである。お峯が小料理屋の仲居になり働いたので生活が出来たのだ。龍二は仕事を辞めると失業保険を貰ったり、お峯から小遣をせびったりした。龍二が短刀を持っていたのをお峯は知らなかった。

「タクシーに乗る時、皆、列をつくって待っているのに、割り込んだのよ、龍二を注意した男を刺し殺してしまったの」

「あっさり殺したわね、馬鹿みたい」

美晴は笑いを押え兼ねた。笑い事じゃない、とお峯はいいたかったが、何故か腹が立たなかった。まさに、美晴のいう通りだからだ。

それに美晴は性格的に、あっけらかんとしているので、釣られたようにお峯も苦笑した。

お峯が美晴に、あんたは若いんだから、男には気をつけなければ駄目よ、というと、美晴は、私は大丈夫よ、男に惚れないから、と自信たっぷりだった。お峯は次第に美晴と親しくなった。美晴には無神経なところがあるが、彼女がお峯を慕ってやって来るからである。美晴のスナックの仲間は、美晴と同年輩だが、流石に美晴のように、売春斡旋業者の紹介で、客を取っている者は居ないようだった。誘ったなら、小遣欲しさに客を取りそうな者も居るが、美晴は誘わなかった。そういう意味で、安心して話が出来るのはお峯だけなのだ。美晴はお峯に、お姐ちゃんは優しいから好きよ、と良くいった。

お峯は早く客を取った日など、美晴が勤めているスナックに遊びに行くようになった。梅田の繁華街にあるスナックで、美晴のような若い女達が五人居た。スナックなので、皆カウンターの中に入っており、客席にはつかない。なかなか雰囲気の良い店で、若い客達の中には、ギターを弾いたりする者も居た。美晴は若いくせになかなか威張っていた。席が混んでいるような場合、お峯が行くと、客に、もっと詰めてよ、もっともっと、といって、強引にお峯の席をつくってしまう。そういう美晴に、お峯は、はらはらした。

美晴はお峯のことを同じマンションに住んでいるお友達、と仲間にいっていた。

或日、お峯が客を取った後、浩介の事務所に行くと、浩介が、美晴と付合っているようやな、といった。美晴のスナックにまで遊びに行っているので、隠すわけにはゆかない。お峯が頷くと、美晴には困る、という。

「うちを通さず直取引をしているらしい、そりゃな、直取引をすると、わしに手数料を取られんでも済むから美晴は儲かる、だがな、直取引は危険やぜ、客は厳選している積りやけど、客の中にはやばい奴も居る、わしはそいつ等から、女達を守ってやっているんや、美晴の奴は、それに気が付いていない、自宅の電話番号を見ず知らずの客に教えるなんて、危険やぜ、そう思わんか？」

浩介はお峯に、お前もそうしているんじゃないか、と上眼遣いに見た。お峯には浩介のいっている意味が良く分る。浩介としては客と直取引をされては困るので、女達を保護しているのだ、といっているのだ。だが、それは別に間違っていない。お峯の客の中にも電話番号を教えろ、としつこく迫る者も居る。お峯は絶対教えなかった。浩介がいったように危険だからである。浩介に隠れて客と会うと、金銭上のトラブルが起こるかも分らないし、自宅を知られる危険性があった。

客に乗り込んで来られたりしては大変だった。

「どうや、あんたから美晴に説教してやってくれんか、美晴はまだ若い、世の中の恐ろしさを知らん」

と浩介はいった。

お峯は承諾した。浩介が自分で説教したりしたなら、美晴は、浩介の事務所に寄りつかなくなるだろう。美晴はそんな性格だった。

日曜日の昼、お峯は美晴のアパートに電話した。美晴が住んでいる部屋にはバスが付いている。ただ建物が鉄筋ではなく、矢張り外観も部屋もアパートといった感じだ。だが、美晴の部屋はお峯の部屋よりも広い。二間あるからだった。

お峯が訪れたので、美晴は漸く蒲団から出た。化粧を取ったパジャマ姿の美晴の顔は稚なかった。顔は大きいが眼許のあたりに稚なさが感じられる。美晴は、昨夜スナックが終った後、客に誘われ、ミナミに歌いに行ったので、帰宅したのは午前五時頃だ、といった。

美晴はお峯を待たせて顔を洗い、パジャマ姿のまま、トーストを焼いた。美晴の朝食はトーストと目玉焼と牛乳だった。

お峯は美晴に、浩介の忠告を伝えた。

「あのおっさん、電話が掛って来ても、客を取らんもんやさかい、勝手に憶測しとるんやな、でもお姐ちゃん、馬鹿らしいと思えへん？　私、一時間二万円やけど、おっさんに五千円も取られるんよ、阿呆らしいやないの、その点、お客と直に会ったら、丸々二万円貰えるわ、おっさんには、これまで、儲けさせているし、文句をいわれる筋合はないわ」

お峯は、金銭のことよりも、直取引は危険だ、といった。美晴は、直取引をする客の場合は、素性の分っている客なので、安心だ、という。お峯にも、たまにはそうしたら良い、とすすめるのだった。

「どうして、素性が分んの？」

「会社の名刺を貰うし、貰った場合は、一度は電話して、いんちきでないかどうか確かめるのよ、私だって阿呆じゃないわ」

そういわれるとお峯には、いうべき言葉がなかった。

お峯は、金銭上のトラブルはないか？　と訊いた。浩介を通した場合、客は先に浩介に金を払うのだ。だから安全である。

美晴は含み笑いを洩らして、そんなことは一度もない、といった。パジャマの胸が盛り上っており、美晴の身体からは若さが匂って来るようだった。美晴はお峯に、自分の若さを誇示しているように思えた。

「それなら良いけど……」

お峯は呟いた。

「だいたい、五千円も紹介料を取るなんて、ぼり過ぎよ、ああいうのを搾取というんよ」

美晴は浩介をののしった。

美晴が浩介と知り合ったのは、梅田の地下街でお茶を飲んでいる時だった。浩介に声を掛けられたのである。その時美晴は一人だった。

「あのおっさん、私に名刺を渡してね、金になる良い仕事がある、といったのよ、私ぴんと来たわ、おっさんのところに電話を掛けたのは、一ケ月ぐらい後よ、一寸お小遣に困ったのよ、あの手で、色々な女を引掛けているんに違いないわ」

「あの事務所の名刺」

た。

「そうよ……」

浩介は慎重な男だった。見知らぬ女性に名刺を渡す以上、必ずものになる、という自信があったからに違いなかった。それに浩介は警察を恐れて、転々と事務所を変えていた。

半年に一度は移転する。

「したいようにしたら良いけど、お客には注意するんよ、変態男も居るし」

「分ってる、お姐ちゃん、トースト食べない？」

美晴は甘えたような声でいった。

何時だったかお峯は酷い客に遭った。浩介が紹介した初めての客だが、全くの変態だった。縄を持っていてお峯を縛ろうとした。大抵のことなら我慢するが、お峯は恐怖心にかられて悲鳴をあげて逃げようとした。すると客はお峯を投げ飛ばし、馬乗りになってお峯の首に手を掛けた。いうことをきかなければ締め殺す、という。濁った男の眼は、無気味にお峯を睨(にら)みつけていた。お峯は抵抗すれば殺される、と思い、男のいうなりになったのだ。あの時は恐怖と屈辱感で、お峯は暫く、浩介の電話に応じなかった。浩介は菓子を持って謝りに来て、二度とああいう客は紹介しない、といった。

自分も、初めての客なので、変態者とは知らなかった、と浩介は柄にもなく、床に手をついて謝ったのだ。

お峯はその時のことを話そうか、と思ったが、美晴に、そんな客、相手にせえへんわ、と一笑にふせられそうな気がしたので、黙っていた。すると美晴がぴょこんと頭を下げた。

「お姐ちゃん、御免ね、嫌な思いをさせて」

「良いのよ、ただ、あんたのこと、心配になったから」

とお峯は答えた。


暑い夏が過ぎて秋が来た。お峯の好きな季節だった。春や初夏と違って、秋になると、雨が降る前の日でも、身体が重たくならない。それは湿気の質が、春や初夏と違うせいかもしれなかった。美晴は浩介の客を受けなくなった。浩介はやくざではない。自分のところから離れた女をしつこく追い掛けるような人間ではなかった。それに女のスカウトが上手く、次々と新人を入れているようだった。

この頃の新人には人妻が多い、という。

お峯には、人妻が客を取るなど想像が出来なかった。お峯は男と一緒に生活している時、小料理屋で働いたりしたが、客に誘われても絶対応じなかった。そんな客の中には中小企業の社長が居て、月に二十万ぐらいで囲ってやる、といってくれた者も居たのだ。

美晴は浩介と縁を切ったが、相変らずお峯の部屋に遊びに来た。スナックも別な店に移ったようだ。

「ねえ、お姐ちゃん、何か面白いことない、私だんだん世の中がつまらなくなって来た、このまま年齢を取ると思うとぞっとするわ」

と美晴はこぼすのだった。

「あんたはこれからじゃないの、良い人を見付けて結婚しなさい」

お峯がいえるのはそれぐらいだった。

「お店に来る若い連中を見ていると、結婚する気なんか起こらんわ、それに私ね、束縛されるの、嫌なの……」

そんな時、美晴は床の上に仰向けに寝転び脚を組んだ。手枕で、ぼんやり天井を眺めている美晴の顔には、お峯などが理解出来ない孤独感が滲み出ていた。この若さで、何故、自分で、自分の人生を捨てているのだろう、とお峯は不思議だった。多分、余りにも早く男を知り過ぎたせいだろう、と勝手に推測したりした。

美晴が新しく移ったスナックは矢張り梅田にあったが、女性はマダムも入れて、三人しか居なかった。客には気の荒そうな男達が多く、何故美晴が店を移ったのか、理解出来なかった。美晴にいわすと今度の店は、日給一万円だし、マダムの気風が良い、というのだが、お峯には、客筋が悪いのが気に入らなかった。

浩介の許に新しい女達が入るにつれ、お峯の客は少なくなった。何といっても客達は、新しい女を求めたがるものだ。

月に四十万ほどあったお峯の手取りは三十万ぐらいに減って来た。これでは酒をやめなければ貯金が出来ない。といって、変態男を取るのは嫌だった。浩介は時々、そういう客をお峯にすすめるようになった。

「一時間に三万も出すで、少々のことは、眼をつぶっていたらええやないか」

と浩介は薄い唇を舐めながらいう。

「変態は嫌、十万円出されても嫌」

お峯は断固として拒絶した。

「時代が変って来てるんや、こういう世界にも時代の流れというやつがある、よう考えてみい、トルコ風呂に行ったら、眼を剝くような若い別嬪がサービスしてくれるんや、女優になっても、堂々と通用するような別嬪やで、わしはこの間、トルコ風呂に行って吃驚した、年増なんか一人も居らん、皆、若い別嬪ばっかりや、これが時代の流れや」

浩介は窺うようにお峯を見た。

「じゃ、私はもう要らん、というわけですか、それなら辞めさせて貰います、昔のように小料理屋の仲居にでもなります」

「いや、そんな意味でいうてるんやない、お前のことを考えて、いうてやってるんやで、なんといってもあんたは、うちでは一番古いさかいな、わしは身内のように思とる」

と浩介は慌てて手を横に振った。

三年半で、一番古い女になったのか、とお峯は今更のように愕然とした。履き捨てられた草履のようなものかもしれない、とお峯は思った。肌には自信があったし、まだまだ客に持てる、と考えていたが、トルコの話を聴くと、浩介がいった時代の流れ、という言葉が身に染みる。事務所を出た痩せたお峯の身体には、晩秋の微風は冷たかった。

お峯の貯金は約三百五十万円だった。

だがこのインフレの時代に、これぐらいの金額では、何も出来ない。

そんな或日、客と別れ、浩介の事務所に寄り金を受け取り、部屋に戻って来ると、美晴がやって来た。美晴は赤いワンピースにスエードのベストを着ていた。少し酔っているらしく、ああしんど、といいながら床に坐った。美晴は床に胡坐をかいて坐るのが好きであった。

どうしたの？　と訊くと、スナックのママと喧嘩して辞めた、といった。変な客が来たので相手にしないでいると、ママに叱責されたのでかっとなり、辞めるといって、店を飛び出した、というのだった。美晴にいわすと、スナックの働き場所など幾らでもあるので、勤めようと思えば、明日にでも勤められる、という。美晴は辞めたことは気にしていなかった。酒を飲んだのは、マダムに腹を立てたからだった。

「嫌な男なの、カウンター越しに私のおっぱいを触ろうとするんよ、だから怒って睨んでやったの、だいたい、ママは私に味方すべきよ、ねえお姐ちゃん、そう思わない？」

「そうねえ、スナックならねえ」

とお峯は相槌を打ったが、店を辞めるほどの問題ではない、と思った。それに、美晴は娼婦として客を取っている、乳房を触られたぐらいで怒鳴るのはおかしかった。お峯も小料理屋の仲居をしていた頃、良く酔った客に触られたものだ。美晴は、マダムが客った。

をたしなめてくれる、と期待したのかもしれない。つまり美晴は愛情に飢えているのだった。

「飲みに行こうか、今夜は私がおごってあげる」

とお峯はいった。

美晴はまたスナックを移った。今度は梅田近辺ではなく十三だった。美晴に呼ばれ、一度行ったが、お峯は一杯飲んだだけで帰った。客はお峯が、かつて生活を共にしたような男達ばかりであった。やくざらしい客も居た。勤めている若い女達も荒れた感じで、まだ美晴の方が素人のように見えた。お峯は美晴に、あの店は良くないのではないか、と説教したが、美晴は諾かなかった。

自分が一番持てるので、気に入っているようである。

「うち、やーさんなんか恐くないわ、この前も、私を誘ったから、二万円よ、といってやったら、眼を剝いていたわ」

と美晴は楽しそうに笑った。そういうところがお峯と違うのだ。矢張り性格の問題かもしれない。お峯は美晴に、変な男と絶対寝ては駄目だ、といった。短気で気の荒い男達は、かっとなると、何をするかもしれない。美晴は若いだけに、それがまだ分っていないような気がした。

「大丈夫よ、私こう見えても力が強いんよ、お姐ちゃん腕相撲をしようか……」

「私は力がないから駄目よ」

　お峯が笑いながら首を横に振ると、美晴はお峯に両腕を使っても良い、という。両腕なら勝てるだろう、と面白半分にやってみたが、互角で勝負がつかない。確かに美晴は女性にしては力が強いようであった。

　月末にお峯は美晴に頼まれて、美晴が前に勤めていたスナックに給料を取りに行った。七日働いているから、七万円貰える筈だ、と美晴は説明した。前の店のマダムとは顔を合せるのも嫌なようであった。お峯に、貰って来てくれたなら二万円渡す、といった。

「そんなに要らないわ、タクシー代だけ貰っておく」

　お峯は美晴の給料を取りに行ったが、スナックのマダムは五万円しか渡さなかった。マダムの計算では六日しか働いていないので六万円だが、一万円は客に弁償金として払った、という。マダムは眉をしかめながら、美晴が客の手を擲った時、爪先で傷を負わした、と話した。一寸した引っ掻き傷ではなかった。

　美晴の爪先は、客の皮膚を破り、肉まで喰い込んだ、というのだった。

「文句があるんだったら、美晴に来るようにいって頂戴、ズベ公上りはしょうがない」

　とマダムはお峯を睨みつけた。

　お峯は吃驚して、美晴の代りにマダムに頭を下げて帰った。お峯の部屋で待っていた美晴は、話を聴くと、腹をかかえて笑い転げた。

「あの助平男、良い気味やわ」

「あんた、本当に擲ったん？」

「二度目に触りに来た時、手首を叩いてやったん、一円も、お金を貰ろてへんのに、おっぱいなんか、触らせへんわ」

美晴の言葉はプロの娼婦のものであった。だがどう見ても、娼婦には見えないから奇妙だ。

それから一月ほどたって、美晴は十三のラブホテルで殺されたのである。新聞の報道によると全裸で、締め殺されたらしかった。ホテルの従業員の話では、午後十一時頃、若い男と泊りに来たが、男だけ先に帰った、という。

美晴だと分ったのは、翌日の夕刊に美晴の勤め先のスナックの名前が出ていたからだった。お峯は身体が動かなくなるほどの衝撃を受けた。浩介がしつこく電話を掛けて来ても、その夜は電話に出なかった。美晴がどんな状態で殺されていたか、想像しただけでも分る。それはむごたらしい光景で、お峯は幾ら酒を飲んでも眠れなかった。

お峯が電話に出ないので、浩介が心配してやって来た。お峯は美晴のように床に胡坐をかいて坐り、ウイスキーを飲んでいた。

そんなお峯はまるで幽鬼のようであった。

「私は知っている、誰が殺したか知っている」

とお峯は、浩介に同じ言葉を何度も呟いた。浩介が、誰が殺したんや？　と訊いても、ただ私は知っている、というだけだった。

浩介が身の危険を感じて帰ると、お峯は思い出したように電話のダイヤルを廻した。

番号案内で警察の電話番号を訊いたお峯は、警察に電話した。美晴を殺した犯人を知っている、というと声の太い刑事が出た。

「私、美晴の友達です、美晴を殺したのはスナックの客です、やくざか、無職者か、どちらかです、そうそう、その男は、美晴の爪で、深い傷を受けています、間違いありません、早く逮捕して下さい」

お峯はいうだけいうと、電話を切ってしまった。お峯は毎日、犯人が逮捕されているだろうか、と眼を皿のようにして新聞を見た。

犯人が逮捕されたのは、お峯が電話してから三日後だった。お峯が警察に告げたことは総て当っていた。犯人は前科二犯のやくざだった。新聞記事によると、金銭上のトラブルが原因で美晴を締め殺したらしい。その際美晴の爪で片眼が見えなくなるほどの怪我をしたようだった。

お峯はその夕刊を持って、操り人形のようにマンションを出た。丁度夕暮時で、西の空の雲が花模様のように美しかった。

お峯はその雲を眺めながら、美晴が殺されて以来、初めて涙を流した。

茫然と舗道に立ち、泣いているお峯を、通行人達は、面白そうな顔で眺めた。気が狂っている女と思ったのか、立ち止まって、まじまじとお峯を見詰める男も居た。

だがお峯の眼には、それ等の通行人達は誰一人として見えなかった。彼女は雲の花の中に、故郷の雲を見ていたのである。

翌日、一人の娼婦が都島のマンションから消えた。

木の芽の翳り

私は三十八歳の新進作家である。

一昨年あたりから、私の名は中央文壇で知られるようになり、漸(ようや)く筆で生活が出来るようになった。

私の作品は、ドキュメンタリーなものが多い。何か事件が起きると、それを執拗(しつよう)に追い、小説にするのである。

五年前までは、大阪の新聞社の社会部の記者であったが、現象面だけを追い掛けるのが嫌になり、創作欲に燃えて、退社したのである。

エリートサラリーマンの夫を殺した細君の心理と、その家庭環境を徹底的に追及した第一作が、意外に好評で、次々と注文が来るようになった。注文には、実録風な作品、という条件がついている。

私は現在のところ、そういうものを書きたいのだから、喜んで引き受けている。

先日、一流の雑誌から、少女売春について、シリアスに書いて欲しい、という注文があった。私は引き受けたかったが、何処(どこ)で少女売春が行なわれているか知らない。

編集者に、売春をしている少女を、紹介していただけるのか？　と訊くと、

「それは、あなたの方で探して下さい、こちらも別に急いでいませんから……」

とあっさりいわれた。

私の作品が一度も掲載されたことのない一流雑誌なので、私は慌てて、至急探し、見付かったら、連絡する旨伝えた。

私は早速、かつての新聞記者の仲間に、少女売春の実体を知らないか、と電話したが、誰も知らない、という。

クラブで、少女を傭い、売春させたケースはかなりあるが、これは暴力団などが絡んでいて、注文の趣旨とは異なる。

電話を掛けて来た編集者が求めているのは、自由意志で、学校帰りに客を取る中学生の売春のことだった。

大人が絡んだ高校生売春は、新聞記事にもなったし知っているが、自由意志で客を取る中学生売春婦が、本当に居るのかどうか、私は疑わしくなった。

そういう方面に詳しい社会部の記者も、そんなのは噂だけだろう、という。

私は念のために、梅田の地下街を歩いたり、何軒もの喫茶店を探してみたが、無駄であった。そこに立っていると、小遣を欲しがる高校生に声を掛けられる、という場所に一時間以上立ったが、私に声を掛ける者は誰も居なかった。

女子高校生達は、楽しそうに雑談し、私に視線を投げ掛ける者も居ない。

そんな或日、私はミナミのスタンドバーに飲みに行った。春日という馴染の店で、マダムの春日加代と若い女の子が二人居るだけの小さな店だった。加代はもう四十近く、ミナミのクラブのホステス上りである。

私が加代に、梅田の地下街に立っても、誰一人声を掛けて来る女の子が居なかった、とこぼすと、カウンターの中のエミ子が笑い出した。エミ子は十八歳である。

「波多野さん、当り前や……」

とエミ子は笑いながらいった。

「何故、当り前なんだ？」

私は身長が一七〇糎あり、ハンサムではないが、そんなに醜男でもない、と思っている。

エミ子のけたたましい笑い声は、いささか、私のプライドを傷つけたようだ。

「どうして、当り前なんだ？」

と私は憮然とした面持ちで訊いた。

「ただ立っとるだけやったらあかん、十米ぐらい先から、来る女の子に眼をつけて、声を掛けなあかん、女の子の方から、声を掛けるなんて、先ずないよ」

とエミ子は鼻孔を拡げた。

「エミ子にも経験があるのか？」

と私はいった。

「阿呆らしい、無茶はしたけど、そんな馬鹿なこと、したことはないわ、ただ、私の友達に、ボーイハントして、お小遣貰ろてる女が一人居たの、その女に誘われたことがあったわ、面白いから、冷やかし半分に行ってみたのよ、その時、色々と経験談を話して貰ったんよ、梅田の地下には、補導員もうようよしてるし、なかなかやばい場所なのよ、そんなん、女の子から声を掛けるなんて、絶対ないわ」

エミ子の話を聞いて、私は少し納得した。

高校生の場合は、小遣欲しさに身体を売ったとしても、売春婦といえないかもしれない。

「中学生で、そういうこと、やっている女が居るらしいけど、何処で、どんな風にして客を摑まえるのか、知らんかな？」

「波多野さん、中学生と寝たいの？」

とエミ子が眼を光らせて私を見た。

私は狼狽し、東京の雑誌社の注文内容を告げた。好奇心がない、といえば嘘になるが、矢張り罪の意識の方が強かった。

「ふーん、でも、そういう中学生が居るかも分らんわ」

「もし、知っていたら教えてくれよ、何処に行ったら会えるのか、知りたい」

私は直感的に、エミ子が知っているような気がしたのだ。

「うん、もし分ったら、教えてあげるわ」

とエミ子はいった。

　加代の話では、エミ子はディスコが好きで、週に二日は店を休み、ディスコに踊りに行く、という。エミ子が行くディスコは十代の連中が集まる店で、中学生も来るらしかった。そのディスコで、十八歳のエミ子はすでにお姐さんなのである。

　一番多い年齢は、十六、七らしかった。

　エミ子は、高校時代に一度家出し、その時この店に勤めたのだ。家出娘だ、ということが分った加代は、高校を出たらまた傭うからと説教し、エミ子を親許に帰した。

　エミ子の実の母は、エミ子が小学生の頃亡くなり、タクシー運転手の父は、再婚し、継母は異母妹を生んでいた。エミ子がいったん家に戻ったのは、エミ子の性格がそんなに歪んでいなかったせいであろう。

　ただ高校を出たエミ子は、加代を頼って、やって来たのである。

　断わると、どんな風にぐれるか分らないので、加代はエミ子を傭ったのだ。

　アパートも、加代が借りてやったらしい。

　それから二週間ほどして、加代の店に寄ると、エミ子が私に、中学生が客を取る店がある、と告げた。

「でも、小説に書くんでしょう、週刊誌にでも載ったら、補導員が張り込むから、彼女達、小遣が稼げなくなるわ……」

　私は、その場所は適当にぼかして書くから、その点は、心配しなくても良い、とエミ子にいった。エミ子の考え方が間違っている、と説教でもしようものなら、エミ子は絶対喋らないに違いない。

　エミ子は、ディスコの仲間から聞き出したに違いなかった。そして、今のエミ子にとって信頼出来るのは、そういう仲間達だけであった。


　場所は難波の地下街の喫茶店である。

　私はエミ子に教えられたBという喫茶店に行った。そういう女性達が、この店に集まる、というのだった。ウィークデーの午後四時である。その喫茶店には、様々な客が居た。ホステス、OL、女子大生、それに買物に来た奥様族、といったところが女性客だった。男性客は、サラリーマン風の男達から、商売人、それに何をしているのか見当がつかない若者達も居た。

　エミ子がいった通り、奥の壁際の席にセーラー服の中学生が二人坐っていた。化粧をしていない稚ない顔である。二人共今流行の髪で、前髪が額を隠し眉の上まで来ている。一人は色白のグラマーで、セーラー服を脱いだなら中学生とは見えないだろう。もう一人は色が黒く、華奢で、顔が稚なかった。だがグラマーに較べるとかなり見劣りする。

　エミ子は私に、二人居ても、好きな方を呼べば良い、と告げた。中学校の三年生としても、十五歳である。今は六月だから、まだ十四歳かもしれないのだ。

私はウエイトレスにコーヒーを注文したが、彼女に胸の底を見透かされているような気がして、中学生達の方を見られなかった。

それでも、ウエイトレスの視線が他の方に向っている時、私は思い切って二人の少女達を眺めた。すると、少女達は洞（ほら）に似たような光のない眼で見返すのだ。媚も浮かべないし、頷きもしない。顔に表情というものがなかった。

エミ子に聞かなかったなら、誘う男を待って、ここに坐っているとは到底思えなかった。

ただ、少女らしくない無表情さが、或意味で、彼女達のすさんだ精神状態を表わしているかもしれない、と私は思った。

一体、どういう男達が、彼女達を誘うのだろうか、と私は不思議だった。

中年の男が、かりに何も知らずに、少女達の傍に坐る。初めは気付かないが、二、三度視線を合せているうちに、男は、おやっ、と思う。何故なら、男が少女達を見ると、必ず見返すからだ。男は漸く好奇心を抱き、じっと少女達を見る。

見返す少女達の視線が、ずっと洞のように光がないとは限らない。途中で笑うかもしれないし、意味有り気な合図をするかも分らない。

ここに到って、男もやっと、少女達が何故、男の視線に応じて来たのか理解する。

だが肉欲と神経が、最も図太くなった中年男も、まさかこの喫茶店で、少女達を自分の席に呼んだりは出来ないだろう。

少女達の席に話し込みに行くのは、尚更出来ない筈だった。とすると、喫茶店の外で、少女達が出て来るのを待つのだろうか。

それとも、少女達に、外に出るように眼で合図して連れ出すのだろうか。

遊ぶ遊ばないは兎も角として、それなら私にも出来そうだった。

だが、なかには、喫茶店の中で、少女達に声を掛ける男性も居るかもしれない。

私は昨年、パリに行った時の或光景を思い浮かべていた。それは繁華街のテラス喫茶だった。薄ら寒い日で、世界各国から集まった観光客は、ガラス戸内の椅子に坐っていた。鋪道に面したカフェテラスの席は、誰も坐っていない。その時、一人の少女のような売春婦が、その鋪道に面した椅子に坐ったのだ。彼女は観光客の視線を一身に集めた。だが、彼女はそれ等の視線は全く無視した。彼女は自分を狙う通行人の視線にだけ、事務的な媚を浮かべて応えていた。

彼女の度胸も大変なものだが、それよりも、こんな場所で彼女と交渉する客が居るだろうか、と私は不思議に思った。

だが、売春に対する民族性の違いを、私はまざまざと見せつけられた。私達が見詰める前で、何人かの通行人が、彼女の椅子の傍に坐り、彼女と交渉したのである。

その中に、日本人は一人も居なかった。

何人かの日本人が彼女の前を通り、なかには立ち止まり掛けた者も居たが、彼は私達の視線を浴びると、怯えたように立ち去って行った。日本人は、海外でセックスアニマル、といわれているが、一人で行動する際は、ヨーロッパ人には到底かなわないのだ。

結局、イギリス紳士風の中年の男が、彼女との商談に成功し、悠々と立ち去ったが、彼も観光客の視線など、問題にしていなかった。

私は思い切って、中学生の一人に、眼で合図をして、喫茶店を出た。ところが、彼女達は出て来ない。どうやら私の合図は失敗だったようだ。だが、私にはもう一度、喫茶店に入る勇気はなかった。

私は喫茶店の前を行ったり来たりしながら、三十分ほど待った。中学生の一人が出て来たのは、良い加減うんざりし始めた時である。色白のグラマーの方であった。

私は愕然(がくぜん)とした。彼女は一人ではなかった。金縁の眼鏡を掛けた三十代の男と一緒だった。間違いなく、彼は店の中で、彼女を誘ったのである。とすると、残っている一人も、店の中で、客を取るかもしれなかった。

だが矢張り、私は喫茶店に入れなかった。更に三十分たった頃、もう一人の中学生が出て来た。彼女は一人だった。

客が取れずに、諦めて出て来たのだろう。

私は彼女の後を尾行した。

その中学生の身長は一六〇糎ぐらいである。肌の色は茶褐色で、気のせいか眼の下に隈(くま)が出来ている感じがする。ただ稚なさが救いであった。

鞄(かばん)は薄く、なかに教科書やノートが余り入っていないことを示している。

彼女は階段を上ると、Tデパートの前に立った。私は思い切って、そこで声を掛けた。

彼女は怪訝そうに私を見た。

隣の席に坐り、何度も視線を交わしているのに、私を覚えていないらしい。

「さっき、君達の隣の席に居た者だよ、何かプレゼントしようか？」

私はエミ子に教わった通りにいった。

彼女はじっと私の顔を見ていたが、黙って首を横に振った。私は狼狽した。

まさか断わられるとは、思っていなかったからである。

「僕は補導員じゃない、本当だよ、プレゼントが欲しくなかったら、現金でも良いよ」

私は、現金という言葉を聞いた少女が、鼻孔をふくらませたような気がした。

「じゃ、何処か近くの喫茶店に行こう、さっきの店はまずいよ」

私は戎橋筋の方を指差した。

難波のターミナルの雑踏の中である。通行人達も、私達に気付く者は居なかった。

私達は戎橋筋に面した大衆的な喫茶店に入ったのである。

「一万円で良いかい？」

と私は訊いた。

「うん、ええよ」

と彼女はやっと答えた。

それは彼女が初めて口にした言葉だった。

私は彼女に、テーブルの下から一万円札を握らせた。

「その恰好で、ラブホテルに行くのかい？」

と私は訊いた。

「ううん、私服を預けてある、着替えるよ」

と彼女は答えた。

その時、彼女は微かに薄笑いを浮かべたようだった。セーラー服は客を釣るための衣裳であった。

そのセーラー服の少女は、私の問いに対して、嫌な顔をせず答えた。それは、私が彼女のために、注文してやった特製のみつ豆のせいかもしれなかった。

彼女は山田令子と名乗った。本名かどうか、これは分らない。彼女の話によると、週に一度ほど喫茶店で、男を引掛ける、という。

三十代から四十代の男性が一番多く、なかには五十代の男性も居るようだった。

二十代の男性も誘うが、安い金で遊ぼうとするので、相手にしない、という。じっと相手の眼を見詰めていると、自分の席に呼ぶ客が多いらしかった。

その点に関しては、私の想像は外れたわけだ。喫茶店のウエイトレスに、顔を覚えられると矢張りまずいので、色々な喫茶店を利用する。だから私が彼女と会った喫茶店は、一月目だ、ということだった。

一月に一度ぐらいなら、混雑した喫茶店では、ウエイトレスに眼をつけられることはないようであった。

「お小遣は、何に遣うんだい？」

「ディスコ……」

山田令子は、ぶっきら棒に答えた。

特製のみつ豆を食べ終り、彼女は急に、喋ることに飽いたようであった。山田令子は大きな欠伸（あくび）をし、余り時間がない、と私に告げた。私はホテルにまで同伴する積りはなかった。ただ、どんな店に私服を預けてあるのか、知りたかった。

私と山田令子は喫茶店を出ると、道頓堀筋の南側の道を東の方に歩いた。その辺りは、食べ物屋や喫茶店が多い。真直ぐ行けば法善寺横丁に出る。

山田令子は、一軒のお好焼屋の前で立ち止まった。

「小父さん、千円くれへん？」

と山田令子は、私の前に掌を差し出した。

十分後に、膝を光らせたジーパン姿の山田令子が、大きな紙袋を持ちお好焼屋から出て来た。

ブラウスの胸のふくらみは、もう大人のものだった。

「急用が出来てね、今日はホテルに行けない、連絡先はないかい？」

「ない」

山田令子は、セーラー服や鞄が入っているに違いない紙袋を振りながら去っていった。

私はその結果を、スタンドバーの加代とエミ子に話した。

「波多野さん、本当にホテルに行かなかったの？」

と加代が眼を細めて私を睨んだ。

「当り前だよ、そこまで落ちていない、これが外国だったら自信がないけど」

私は素直に、本心を告げた。

「それで、小説書けるの？」

とエミ子が口をはさんだ。

折角、チャンスを与えてやったのに、ホテルにも行かないで、得々と喋っている私に、エミ子は反感を抱いたようであった。そしてエミ子の質問は、私の作家魂の脆弱さを、ぐさりと突いていた。加代は、吃驚したようにエミ子を見て、エミちゃん、あんた、とたしなめた。加代と私は、余り年齢が変らない。海千山千の加代も、或意味で、私と同じような常識人であった。

「よし、今度はラブホテルに行くぞ、必ず行く、そうだ、エミ子のいう通りだ、俺は行かなければならない」

酒に酔った私は、まるで殉教者のような恍惚とした表情で叫び、テーブルを叩いていた。だが、私の眼は、殉教者と違って、欲望に濁っていたであろう。エミ子の私に対する侮蔑的な言葉は、私に免罪符を与えたようなものだった。

私は何度も、例の喫茶店に行ったが、令子の姿も、彼女の仲間達の姿も見付けられなかった。店側に怪しまれないため、転々と喫茶店を変えているらしいから、容易く見付からないのも無理はない。まともな会話も出来ないような少女達だが、客を誘う方法や、防衛本能など、まさにプロなみだった。

彼女達が大人になったら、どんな女性になるのだろう、と想像するとぞっとした。

一ケ月たった或日、新聞の社会面に中学生が集団で万引していた記事が掲載された。中学生は皆女生徒で、目的はディスコに行く金を得たいために万引を行なったらしい。私は、その少女達の中に、山田令子が居るような気がした。新聞記者の友人に調べて貰ったところ、その中学生達はT市の中学生達で、その中に山田令子という名前はなかった。T市は大阪の北の衛星都市だった。だが山田令子は、大阪の南の方の中学校に通っているらしい。学校名はいわなかったが、住吉の近くだ、といったから、南の方に間違いないだろう。

万引の少女達と、売春の少女達は別のようであった。

三ケ月ほどたった。

そんな或日、大阪の南の衛星都市のラブホテルで、中学校の体育の教師が、連れの女性に惨殺される、という事件が起こった。

ナイフ様の凶器で、首筋と胸部を数ケ所刺されて、殺されたのだ。

ところが連れの女性は、ホテルの非常階段から逃げてしまったらしい。従業員達は、サングラスを掛けた化粧の濃い連れの女性を、余り覚えていなかった。若いが水商売のホステスという点で一致していた。警察では、非常階段から逃げた逃走方法から、過去にも、そのラブホテルに来た女に違いない、と睨んでいる、ということだった。

教師が殺された時間は、午後十時から、十時半の間らしい。

私がその殺人事件に興味を抱いたのは、ラブホテルで殺されたのが、教師であり、連れの女性が水商売風の女性であったことだ。

私は出来たら長編にしたいと思い、取材に掛った。友人の記者にも取材費をはずみ、協力して貰った。

教師の名は沢田賢一で、三十九歳だった。

学校での沢田は、生徒達に対して高圧的だった。男女を問わず暴力をふるうらしい。だがそれには理由があった。沢田が勤めている中学校には、質の悪い生徒が多く、教師に暴力をふるうような生徒が居るらしい。

一昨年も、卒業式の日、教師が数人の卒業生に襲われ、怪我をしていた。

沢田は、そういう生徒達の暴力に対して、敢然と立ち向っているわけで、或意味では勇気のある教師といえよう。

沢田は柔道五段、剣道二段、空手も二段で、中学生達はグループを組んでも、沢田には勝てないようだった。

沢田が赴任して来たのは一昨年だが、沢田の勇気で、その中学校の暴力沙汰は少なくなった。だから一部の不良生徒を除き、かなりの生徒が沢田を信頼している、ということだった。

家には細君と二人の娘がいた。

細君は三十六歳、パートでスーパーマーケットに勤めている。娘は長女が中学校の三年生、次女は小学校の六年生だった。

長女の名前は令子、次女は裕子である。

それ等が友人が取材してくれた事項であった。

令子という長女の名を知った時、私は山田令子ではないか、と思った。

沢田令子と山田令子、余りにも似ている。

私は早速住吉にある沢田家を訪れた。

沢田の家は国道の近くだった。附近にはアパートなどが多い。繁華街ではないが、住宅地という表現もぴったりしない。

かつては住宅地だったが、新しく出来た巨大な道路にむしり取られた住宅の残骸地、といった感じの場所である。

アパートも、建売住宅の家も戦後のものだが、かなり古びていた。

昭和二十年代の末から、昭和三十年代に掛けて建てられたものだった。

沢田の家は、二階建だが、同じような家が五軒並んでいた。狭い道路の向いはアパートで、その裏は国道に面した店や家の裏側であった。トラックを始め、車の音が騒々しい。

子供達が、道路の突き当りに建っている倉庫らしい建物の傍で遊んでいた。

倉庫の附近だけが空地であった。

私が呼鈴を鳴らすと、台所の窓が開き、少女が顔を覗かせた。

「誰ですか？」

と少女は訊いた。

次女の裕子のようであった。

私は、東京から来た者だが、お母さんに会いたい、と告げた。

「お母ちゃんは留守」

そういうと裕子は窓の戸を閉めてしまった。隣家の玄関が開き、如何にも口のうるさそうな中年の女性が顔を覗かせた。突然隣家を襲った不幸が、饒舌そうな女の眼を一層嫌らしく光らせていた。勿論本人は、その嫌らしさに気付いていない。

「お留守ですよ」

と女はいった。

「そうですか、残念ですな」

私が吐息を洩らすと、東京から来はったんですか？　と猫のような馴れ馴れしい声に変った。私は彼女に丁重に頭を下げ、何時頃戻るか、知らないか、と訊いた。

「東京というと、週刊誌の方ですか？」

と彼女は、私が何もいわないのに、沢田家について話しそうであった。

隣家の主婦の話では、細君の沢田明子は葬式が終ると、生命保険会社に勤めた、という。生活のために外交員になったようであった。

夫婦仲は悪く、沢田は良く細君を擲ったらしい。夫婦喧嘩の原因は二通りあった。沢田が、娘の監督を厳しくしろ、と細君を怒鳴る場合と、細君の方が、ちゃんと給料を持って帰れ、と喰って掛る場合である。

両方とも、最後は沢田が細君を擲る、というのだった。

「夜中ですからねえ、そりゃ近所迷惑ですわ、だけど、本当に吃驚しましたわ、中学校の先生がラブホテルで、ホステスに殺されるなんてねえ、あの先生がねえ」

彼女が私に、何という週刊誌か？　と訊いたので、私は、記事にするかどうか分らない、と答え、冷汗をかきながら退却した。

商売柄、この種の女性には慣れているが、何度会っても良い気持がしない。だが、彼女のような女性が居なければ、取材はし難いし、事件の真相には、なかなか迫れないのだ。

げんに彼女は、夫婦喧嘩の原因まで知っていた。

私は阿倍野に出て、遊戯店に入り、それから夕食を済ますと、タクシーで沢田家を訪れた。

午後八時頃だった。尋常な手段では会えない、と思ったので、沢田の友達だ、と名乗った。菓子箱の上に、お香典を乗せた。三万円だが、勿論取材費の積りだった。

　明子は私が想像していたより元気だった。それは明子が太っているせいかもしれない。私は私なりに、明子はやつれ果て、痩せ衰えている、と想像していた。頬骨が飛び出、眼窩が窪み、眼の下に隈をつくった未亡人……そういう女人像を、私は勝手につくり上げていたのだ。

　三万円のお香典は効果があった。

　明子は私を家に上げてくれた。私は仏壇の遺影に向って手を合せた。写真は近影に違いない。黒縁の眼鏡を掛けた沢田は、元気そうで明るく笑っていた。不良生徒に鉄拳で制裁を加え、細君に暴力をふるうような男には思えなかった。

　私は明子に、沢田君とは同じ大学だった、と告げ名刺を出した。

　名刺には私の住所と電話番号が印刷されている。

　明子は美人ではない。眼が細く下顎が張っており、鼻も低い。だが太っているせいか、何処か男好きのする顔だった。生命保険の女性外交員は、彼女には適職のように思われた。そして明子の顔と、山田令子の顔は眼の辺りから、鼻の形がそっくりだった。

　私は新聞で知り、吃驚した、と明子にいった。明子に職業を訊かれたので、はっきり、ペンで生計を立てている、と述べた。余り嘘をつくと、後の取材がやり難くなる。

　私の職業を知ると、明子は鼻で笑った。

「週刊誌にでも、お書きになる積りですの？」

明子は、私と沢田の大学が同じなのも、信じていないのかもしれない。したたかな女だ、と私は思った。

「お許しがいただければ、書きたいですね、勿論、仮名にします……」

「あれだけ、新聞に大きく載ったんですから、仮名にしても、読んだ人は分るでしょう、教師がラブホテルで、怪し気な女に殺されるなんて、本当に情けない」

明子の眼に涙が溜り、眼尻を濡らし始めた。私は狼狽しながら頭を下げ、協力願えるなら、取材費は、はずませていただく、といった。

「興味だけで、来られたわけね、それなら私にも条件があります、生命保険に入っていただけませんかしら、二千万円ぐらいで結構です」

私は吃驚し、生命保険には入っている、と答えた。生命保険に入る代りに、取材費で我慢していただけないだろうか、と懸命になって交渉した。

「主人の死を、お金で売りたくありません」

と明子は応じなかった。

金に困ってはいるが、見境なく金に飛びつく女ではなかった。ただ明子が沢田を憎んでいるのは間違いなさそうだった。

パジャマ姿の裕子が現われた。

彼女は母親の傍に立ち、じっと私を睨んだ。

「もう一人、お嬢さんが居られましたね、確か中学校に通っておられる……」

「令子ですか、親類の家に行っています」

明子は私に、お帰り下さい、と強い口調でいった。明子は、沢田よりも令子のことに触れられるのが嫌なようであった。

これ以上粘ると、明子の感情を悪化させるだけなので、私は退散した。

私が令子を摑まえたのは、それから一週間後であった。夜、家の近くで見張っていて、私服で家から出て来る令子を摑まえたのだ。

まだ八時前だった。令子は国道のバス停に向った。

バス停で並んで立ったが、令子は私を覚えていないようだった。

私は来たバスに乗り、令子と阿倍野に行った。令子は阿倍野でバスから降りると、地下鉄の方に歩いて行く。

「やあ令子ちゃん、久し振りだね」

私は令子と並ぶと声を掛けた。

「小父さん、誰やの？」

令子は不審そうに私を見た。

「三月ほど前だから、初夏の頃だったな、難波の地下の喫茶店で会って、君に一万円あげただろう、君は山田令子、といっていたけど、本当は沢田令子さんだ、何処の中学校かも知っている、これはお小遣だ、一時間ほど付合ってくれないかなあ」

私は令子の掌に一万円握らせた。

「うち、ラブホテルなんかに、行かん」

「いや、そんな積りはないよ、君のお父さん、ラブホテルで殺されただろう、そのことについて、色々と知りたいんだよ」

「小父さん、刑事？」

「刑事じゃない、刑事なら、あの時捕まえて、警察に引っ張って行っている、新聞記者だよ、話の内容によっては、もう一万円渡しても良いよ」

多分、令子は、父が殺されてから、ラブホテルに行かなくなったに違いなかった。とすると小遣に困っている筈だ。それに令子は、身体を売ってディスコ行の小遣を稼いでいたから、善悪やモラルなど問題にしていない。

「本当に、もう一万円くれるの？」

と令子は眼を光らした。

私服姿の令子は、どう見ても十五歳に見えない。ブラウスの胸の盛り上りなど、成熟した大人を思わせる。それに今夜は薄化粧しているし、十七、八歳といっても通るだろう。

私は令子と阿倍野の喫茶店に入った。

私が令子に、お父さんがあんなことになって大変だったね、というと、令子は猷じみた息を吐いた。父が殺されたにも拘らず、父を悼む気持が感じられなかった。

「この間、お母さんと会ったよ、お母さんも、お父さんに対して、余り良い気持を抱いていないようだな、擲られたからかな？」

私はそれとなく誘い水を向けた。

「親父は最低よ、月給もまともに持って帰らんと、家では親父面(づら)をする……」

令子に最低、とののしられた沢田は、一体どんな男だったのだろう、と私には想像がつかなかった。

私は令子に、お父さんは酒を飲むのか、と訊いた。令子は頷いた。

「しかし、学校では勇敢な先生らしいじゃないか、不良生徒を押えたのは、お父さんだけらしい、その点はどう思う？」

「そんなもん、いんちきよ、ミナミでも、偉そうな顔して補導しとったけど、本心は酒飲みたいから、夜遅うまでうろつき廻っとったんよ、酒を飲みたいなら、飲みたい、とはっきりいうたらええ、女が欲しいんやったら、欲しい、というたらええ、酒飲みで助平なくせに、正義の味方、という顔をするから、最低や」

私は令子が、こんなに喋るとは思わなかった。重い口を、どう開かせよう、と内心危惧(きぐ)の念を抱いていたからである。

「そうか、お父さん、補導員だったのか？」

と私は呟いた。

途端に令子は黙り込んだ。私が何を訊いても口を開かない。そのうち友達と約束がある、といって席を立ってしまった。

令子にとっては貴重な一万円を、令子は捨てたのだ。それは、令子の父が補導員だったことに関係があるようだった。

私は一人残り、令子の家庭を考えてみた。令子の父、沢田賢一が、給料を余り家に入れないのは、ミナミの盛り場で、飲んでいるせいらしい。だが沢田が酒を飲むのは、悪の道に走ろうとする生徒達を補導しよう、という教師としての使命感のせいかもしれなかった。

ただ、家に余り給料も入れずに、細君がパートをして働かなければならないほど、夜出歩くというのは、少し異常である。

令子が、本当は酒が飲みたくて、女が欲しいから出歩いている、と父を批判したのも無理はないような気がする。

生徒に対する沢田の教育方針を見ても、補導員としての沢田が、どういう態度で、不良生徒に接したか、大体想像がつく。

ディスコに集まる不良生徒達に、沢田は評判の悪い教師だったに違いない。

しかも沢田は、女性とラブホテルに行っている。もし、不良生徒を補導するという信念だけで、夜の街を徘徊していたなら、女とラブホテルに行ったりはしないだろう。

警察では、沢田の死は痴情関係のもつれか、怨恨、と推定しているようだった。

沢田を殺した犯人はまだ検挙されていない。私が知りたかったのは、売春に走る少女達の感覚と、その家庭環境で、何も殺人事件の犯人を探し出すことではなかった。沢田の場合は、教師なのに、何故ラブホテルに行って、殺されたりしたか、その背景を調べることだった。

ところが両者が偶然重なったのだ。

私は令子の心理を分析してみた。

令子は勉強嫌いで、不良生徒になり易い性格だ、とする。そういう令子にとって、学校で不良生徒に暴力をふるい、家でも母を擲る父は、憎むべき男として映っても当然だ。しかも父は家に、余り金を入れない。母はそのために、パートで勤めに出る。令子が家に戻っても、母は留守である。しかも、妹のめんどうを見なければならない。令子が不良仲間に入り、ディスコに熱を上げたとしても不自然ではない。

だがディスコに通うには、当然かなりの小遣が要る。家には金など全くない。

そう考えると、令子が仲間に誘われて、売春により小遣を得るようになったとしても、そんなに不自然ではなかった。

私がこれまでに調査したところによると、現代では、中学生時代にバージンを捨てる女性は、一クラスに最低一割は居るようだ。学校によってはもっと多い。

女子中学生達は、私達が想像する以上に、セックスに対する抵抗感を抱いていない。

私は売春に走った令子の心理が、何となく理解出来たような気がした。

そして私が、煙草の火が灰になって落ちるのも気付かず考え込んだのは、令子が、ディスコで沢田と出会った時の光景を想像したからだった。

令子は、仲間達に沢田が父だと、いっていない筈だった。沢田が勤めている中学校は、令子が通っている中学校ではない。

私は父の首や胸にナイフを突き刺している令子の鬼気迫る姿を想像した。

だが、私はその妄想を直ぐ打ち消した。

沢田はラブホテルのベッドの上で殺されたのである。

沢田が、自分の娘を連れて、ラブホテルに入る筈はなかった。

だが私は、沢田が令子を含む不良生徒達から憎まれている、という意識を、どうしても消すことが出来なかった。

警察ではそのことを知っているのだろうか。私は友人の記者に頼み、警察の捜査状況を調べて貰った。

警察は犯人捜査に行き詰まっていた。

警察も沢田が補導員として、絶えずミナミのディスコに出入りし、不良生徒達から恐れられている事実を調べていた。

だが警察の現在までの捜査では、女性の線は浮かんで来ていないらしい。

沢田に関して浮かんで来るのは、教師としての使命感に生命を燃やす勇敢な人間だった。沢田はミナミのディスコで、中学生を補導しようとして、高校生に囲まれたことがある。

その時沢田は、その高校生達を叩きのめし、一人を交番に引き渡した、という。

警察では、沢田は補導に出たついでに、キャバレーにでも入り、ホステスと知り合い、ラブホテルでデートしたが、金銭のもつれで殺されたのではないか、と考えているようだった。

それとも最近増えている街娼に引掛ったのではないか、と推測している刑事も居た。

ただ警察では、沢田の娘の令子が、沢田が殺されるまで、売春をして、小遣を稼いでいたことは、知らなかった。

どう考えても奇妙な殺人事件だった。

沢田が、娘の令子が売春をして小遣を得、ディスコに通っているのを知り、令了を買った男を殺してしまった、というなら分る。

だが沢田の方が殺されてしまったのだ。しかも残虐な手口は怨恨のようであった。

令子を知っているだけに、私の脳裡に、沢田の死がこびりつき、離れなかった。

私は警察に行き、令子が売春をしていたことを知らせよう、と何度か思った。

私自身が警察に行かなくても、電話で知らせれば、済むことである。

だが私には、それが出来なかった。

私は加代の店に行き、エミ子を口説き落して、令子達が集まるディスコに一緒に行くことにした。出来たなら、令子達のグループの誰かと会い、沢田がどういう人物であったか知りたくなったのだ。

エミ子は私と行くことを最初渋ったが、私の熱意に負けたようだ。私がエミ子に渡した小遣も、エミ子の気持を動かすには、充分過ぎる額であった。

ミナミの盛り場にあるそのディスコを見ただけで、私はもううんざりした。そのディスコの入口は、アムステルダムのポルノショップ街にある怪し気な酒場の入口に似ていた。

「うちも、ここはもう卒業したんよ」

とエミ子は弁解するようにいった。

千円でコーラ付の入場券を買い、中に入ると、轟音(ごうおん)の中で、若者達が汗を流しながら、踊っていた。壁際に、申し訳のように折り畳み式のパイプの椅子が並べられている。

会話など全く出来ない。耳が割れそうなディスコミュージックと異様な匂いに気分が悪くなり、私は十分ほど居たが、踊っているエミ子の腰を突き、店を出た。

汗をしたたらせたエミ子は、不服そうな顔で、私にいった。

「だから波多野さんに、きっと辛抱出来へんよ、と何度も念を押したやないの」

「やあ、済まん、あんなに凄(すさ)まじいとは、思っていなかった、普通のディスコを想像していたんだ、酔っ払って、何度か踊りに行ったからな」

「ここは餓鬼共の集まる店やから、体力がないと駄目よ、うちも、ここでは長く踊れん、バンドもないしね」

エミ子は私に、別な店に行こうと誘った。

「その前に、令子のグループを紹介してくれないか、エミ子は顔がきくんだろう?」

「知ってる女、居たけど、踊ってる最中はあかんわ、最高のエクスタシーに浸っているんだから……」

「出て来るまで待つか、そうだ、俺は、令子達が私服を預けているお好焼屋を知っている」

お好焼屋はそのディスコの近くだった。

「ああ、あそこなら、うちも知ってるわ、だけど、今から待っとってもしょうない、何時出て来るか、分れへんし」

エミ子は、宗右衛門町の近くのディスコに行こう、と私の腕を取った。

仕方なく私は、現在エミ子が行っている、という店に行き、二時間ほど踊った。その店はフィリピンバンドも入っており、私にも耐えられるディスコだった。

エミ子は踊り足りないらしく、さっきの店に戻って来ると、私に、お好焼屋で待っていて欲しい、という。エミ子の表情は動物的に変り、身体から熱気が発散している。

「一人で、お好焼屋で待てないよ」

私が口をとがらすとエミ子は私を睨み、

「じゃ、その辺りの喫茶店で待っててよ」

まるで年齢下のボーイフレンドにでもいうような口調でいうと、私を路上に置き去りにしたまま、最初のディスコに入って行った。

私はエミ子の突然の変りように、唖然とした。エミ子は、私が店の客であることなど、全く忘れているようだった。

何故エミ子が、突然、別人のように変ったのか。原因は踊りにあるようだった。それも納得出来るまで踊ったなら、こんなに豹変しなかっただろう。

エミ子は宗右衛門町のディスコで、エクスタシーに浸りながら踊っている最中、私に連れ出されたので、欲求不満で苛々していたに違いない。

私は沢田がディスコに乗り込み、エクスタシーに浸っている少年、少女達を次々と、店の外に追い出している光景を想像した。

エミ子は十八歳だが、理性を喪失し、踊る動物に変っていた。

だが沢田が連れ出しているのは、十五、六歳の少年、少女達だった。

多分、警察が推測しているよりも、沢田は少年、少女達に憎まれているに違いなかった。

だから、少年達は沢田を取り囲んだりしたのだ。それに対して、沢田は敢然と腕力で立ち向って相手を制圧した。

私はディスコの近くの喫茶店で腰を下ろし、エミ子を待っている間に、路上で、沢田が少年、少女達に取り囲まれ、ナイフで滅多突きにされている光景を想像した。

そしてそれは別に不自然な光景ではなかった。少年、少女達は踊るエクスタシーが生甲斐なのだった。或少女達は身体を売って小遣を得、ディスコに通っている。

エクスタシーを中断された少年、少女達が、禁断症状に狂い、憤りの刃をふるったとしてもおかしくなかった。

だが、沢田が殺されたのは路上ではない。ラブホテルだった。

警察が犯人を検挙出来ないでいるのも、犯行場所が、ラブホテルだからである。

一時間近く私は待った。

もう十一時を過ぎていた。

エミ子は、私が待っていることなど忘れて、踊り狂っているに違いなかった。

私が喫茶店を出ると、丁度エミ子が同年輩の女性と一緒にやって来た。

ジーンズに赤いブラウスだけだが、ブラウスは汗で濡れ、乳首がくっつき、生々しく息づいていた。

「波多野さん、ルミ子よ」

エミ子は、さっきと違って明るく元気の良い声で、私に紹介した。

納得するまで踊り、満足したに違いなかった。

私が頷き、喉（のど）が渇かないか、と訊くと、

「ビール飲みたい」

とエミ子がいった。

「君もビールで良いのか？」

と私はルミ子に訊いた。

ルミ子は髪を掻き上げ、はあ、と薄笑いを浮かべた。エチケットなど全くないが、彼女の薄笑いに、私は親しみが籠っているような気がした。

私が宗右衛門町の方に歩き始めると、後ろで、エミ子がルミ子に訊いた。

「オッケー？　ノー？」

「オッケーよ」

とルミ子が答えた。

二人の会話で、私はルミ子の薄笑いの意味が理解出来た。多分エミ子はルミ子に、小遣をくれる小父さんを紹介する、といったに違いない。ルミ子は私を見て、ラブホテルに行くことを承諾したのだ。この場合の、行くか行かないかの選択権は、私にではなく、ルミ子にあるようだった。

案の定、宗右衛門町の近くの小さなレストランでビールを飲み、ルミ子がトイレに行くと、エミ子が私に、二万円渡してやって欲しい、といった。

「波多野さん、私、リベートなんか取ってないわよ、それにね、寝た方がルミ子だって、話し易いやないの？」

今度は、私も逃げるわけにはゆかなかった。

「中学生じゃないだろうな？」

「私と同じ年齢よ、十八……」

エミ子は楽しそうに笑った。

ラブホテルの部屋に入ると、ルミ子は直ぐ裸になり、シャワーを使った。バスルームの中で、歌を歌っている。タクシーの中では無口だったのに、別人のようだった。

裸でバスルームから出て来ると、両手で恰好の良い乳房を摑み、

「余り大きくないのよ」

と薄笑いを浮かべた。

ルミ子の肌には、一瞥（いちべつ）しただけで若さが溢れているのが分った。股間の翳（かげ）りは薄く、ウエストは見事にくびれ、肩の辺りの肉付きが、何となく稚ない感じだった。

大抵（たいてい）の女性は、バスタオルを胸に巻いて、バスルームから出て来る。全裸で現われたルミ子に、私はヨーロッパの娼婦を思い出した。

ルミ子は、円形のベッドに仰向けになると、電動のスイッチを入れ、腰に合せて肩を揺すりながら、歌を歌った。仰向けになりながら踊っている積りかもしれない。

私がバスルームから出てみると、ルミ子は眠っていた。電動スイッチを入れたままなので、ベッドは空しく震動している。

私がスイッチを切ると、ルミ子は吃驚したように眼を開けた。

「うち、眠っていたの？」

とルミ子は欠伸をしながら訊いた。

「ああ、幾らでも眠れ、ただその前に訊きたいことがあるんだ」

「話なんか良いのよ」

そういうとルミ子は私に抱きついて来た。

私の首に両腕を掛けると、しなやかな肌を力一杯押しつけて来るのだった。

ルミ子の身体は素晴しかったが、彼女自身はまだ、女の悦(よろこ)びを知らなかった。彼女は矢張り、踊りでエクスタシーを味わっているようだ。

ことが終り、ルミ子が、そうしなければならないようにトイレに行くのを、私は侘しい思いで眺めていた。私はトイレから出て来たルミ子に二万円渡した。

ルミ子は小首をかしげると一万円を私に返した。私は首を横に振った。

「良いんだよ、取っておけ」

「うちも一枚で良いんよ」

とルミ子は一万円札を持った腕を真直ぐ伸した。

「どうしてだい？　遠慮する必要はない」

「分らん、ただ一枚で良いという感じ」

「じゃ、もう一枚で、俺に色々教えて欲しい、な、良いだろう」

私はルミ子の機嫌を損うのを恐れながらいった。少しでも怒らしたなら、一言も喋らず、ジーパンをはいて、ホテルを飛び出しそうな気がした。

「どんなこと、エミ子から何も聞いていない」

ルミ子は右手の親指と人差指で一万円札をはさみ、面白そうに、ぶらぶらさせていた。

「君達の世界のことを小説に書きたいんだ、だから喋って欲しいんだよ」

「えっ、小父さん小説を書くの、恰好良いなあ、うち、読んだことないけど、映画で観たことがある、昼の獣、あれ小説やね？」

「昼の獣」の原作者はベストセラー作家で、映画化の宣伝が凄まじかった。それにしても、ルミ子は映画を、小説と本気で思っているらしい。私は何となく吐息を洩らした。

「まあな、面白かったかい？」

「ええ、面白かった、しびれたなあ」

「何処が面白かったんだい？」

「あの男のフィーリング、自分のフィーリングしか信じないで生きて行くところが良い」

ルミ子は主演男優の名をあげ、彼は映画の中で気取り過ぎたから、しらけてしまう、と批判した。余り眼を剝き、いきり過ぎている、というのだった。

ルミ子は、私が思っているほど、馬鹿ではなさそうだった。

私は何となく、ルミ子という人間を摑めそうな気がした。この種の女には、絶対構えてはならない。ごく自然に接しなければならないのだ。今の私は、ルミ子の口を開かせるためには、懇願せねばならない立場にあった。私はそのことに気付いた途端、気が楽になった。

「おい、頼む、教えてくれよ、なあ」

私は足の爪先で、ルミ子の脛を突いた。

「ディスコに集まる女達のことだよ、中学生も居るんだろう……」

「どんなことなの？」

「居るわよ」

「どうして小遣をつくるんかな？」

私がとぼけて訊くと、ルミ子は愉快そうに笑った。私に、煙草を要求した。私がライターでルミ子の煙草に火をつけてやると、ルミ子は脚を組み、実に旨そうに喫うのだった。ただ、煙草を指ではさんでいる手つきが、矢張り何処か稚なかった。十八歳ではない、よくいっても十七歳ぐらいのようだった。

「女の子がね、小遣を稼ごうと思ったら、することは一つよ、人のもん、盗んだりせんかぎりね」

「中学生でも、男と寝るのか、へえ……」

私が大げさに驚いてみせると、ルミ子は、十四になったら、生理はあるし、子供を生める、といった。だから、男と寝てもおかしくはない、というのだった。

「ルミ子も中学生時代、そんなことして小遣を稼いだのかい？」

「私は少し遅かった、男の子にねだられて、バージン破ったのは高一の時、乱暴な子でね、本当に頭に来たわ、それに、がっついてんのよ、その点、大人は余裕があるし、親切だわ、大人でも、がっついてる大人は大嫌いやけど……」

ルミ子は私を見て、にっと笑った。

「俺はどうだい、がっついてるかい？」

私は安心して訊いた。

「がっついてないけど、最初は感じが良くなかった」

「ほう、どういうところが？」

自信満々の鼻をへし折られ、私はいささか憮然とした思いで訊いた。

「何だか、私にびくついていたみたい」

「当ってる」

と私は感心して唸った。

ルミ子の洞察力は鋭かった。私は、どういう風に接しようか、と心配だった。つまり、私はルミ子が指摘した通り、びくついていたわけだ。私の返答に、ルミ子は吹き出し、煙草の灰を私の顔に掛けた。どうやら、私はルミ子に、気に入られたようだった。

ルミ子は、ディスコに集まる中学生や高校生達の生態を話してくれた。驚いたことに、身体を売って小遣を稼いでいる、高校生や中学生の中には、ひも的な恋人を持っている者も、かなり居るらしいのだ。彼女達の相手は高校生であったり、高校を中退した者が多い、という。何といっても、男達は、女達のように身体を売って稼ぐわけにはゆかない。だから恋人の女達に小遣をたかる、という。

「いやあ、驚いたなあ、君も恋人が居るのかい？」

「私は居ないわ、もう恋人なんて卒業した、今度恋人つくるのなら、金持ちの大学生でも見付けるわ、こっちがめんどうを見んならんなんて、阿呆らしい」

ルミ子は、この春、高校を中退した、と告白した。無断欠席が多いので、高校から母親に呼び出しが来たが、母親はルミ子に怒鳴りちらすだけで高校には行かなかった。ルミ子は、それで高校を辞めた、という。ルミ子には、父親はなく、母親は阿倍野の小料理屋に勤めているらしかった。

「もう四十近いのに、まだ若い積りで居るから、やり切れんわ」

とルミ子は吐き出すようにいい、四十近い私をがっかりさせた。私は漸く作家になれたところなので、新しい人生の出発点に立った気持で居る。だから、まだまだ若い積りだった。

「補導員が居るだろう、ああいう連中、うるさくないかい?」

「うちは、高校に未練がなかったから、へっちゃらやったけど、中学生やった頃は、用心したわ、質の悪い補導員は、警察に突き出しよるからね、警察から学校に連絡行くし、親にも電話が掛る」

「そうか、警察にねえ、店の方は営業停止にならんのか?」

「ならんわ、皆、私服で、中学校は卒業したという顔で踊りに来よるから、店だって、入れんわけには行かんでしょ、まさか、身体検査も出来へんしね」

「うん、しかし警察に突き出すなんて酷いな、先生という奴も良い加減やな」

「そりゃ良い加減や、なかには助平な教師も居るしな」

ルミ子は鼻を鳴らした。

「助平な教師だって？」

「ええ、補導員面して、女の子引っ張って行って、やりよるんやからな、最低や」

「そりゃ最低だな、殺された沢田も補導員やったらしいけど、そんなことやっとったんじゃないかな？」

私は緊張感に、顔が強張りそうになったので、平手で頬を叩いた。

「沢田って、ラブホテルで殺された沢田でしょ、何で知ってんの？」

ルミ子が眼を光らせた。

私は雑誌社に紹介されて、取材のために会った、と告げた。

「今度の小説はね、少年、少女達が集まるディスコがテーマだろ、だから君達の世界を良く知っている人物に会わなくっちゃならない、沢田は補導員だから好都合だった、しかし、面白くない男だったよ、ディスコに行くような生徒は落ちこぼれだ、と決めつけていたからな……」

私の説明で、ルミ子は警戒心を解いたようだった。

「あの先生、あんたがいう通り最低らしいわ、うちは経験ないけど、沢田にやられた女、居るらしいよ」

「やっぱりそうか、しかし、娘の令子も、ディスコに通っているだろう、ディスコで娘と会ったら、どんな顔しとったかなあ」

「ええっ、沢田の娘が……まさか、あの令子やないやろな」

ルミ子は吃驚し、眼を剝いた。

「多分、その令子だろう、山田令子と名乗っていたらしいぜ」

「本当？　あの令子が、沢田の娘やなんて、うち、今でも信じられんわ、誰も知れへんのと違うかなあ」

ルミ子は首を横に振った。

矢張り、令子は沢田が父であることを隠していた。しかし、隠し通すというのは大変なことである。

令子は同級生にも、喋っていないわけだ。

私は難波の地下街の喫茶店で令子と並んでいたグラマーな中学生の顔を思い浮かべた。眼鏡を掛けた男と、堂々と喫茶店から出て来た。

「そういえば令子、この頃、ディスコに来なくなったわ、親父が、あんな殺され方をしたのがショックやったんやねえ、その点、うちは親父が居らんから、気が楽や」

とルミ子は呟くと、年齢に似合わない掠れた声で笑った。

私は沢田が令子の友達を、ディスコから引っ張り出し、脅かしながらラブホテルに連れて行く光景を想像した。途端に沢田を殺害したのは、令子の友達のような気がし出した。

ひょっとしたら、令子も事情を知っていて、力を貸したのかもしれない。

令子にとって父親である沢田は憎むべき獣であった。中学生でディスコに行くような生徒は、勉強嫌いだが、淋しがり屋で感受性が鋭い。稚ない感受性だけが異様な状態で発達する場合が多いのではないか。

令子はきっと、何時も仲間達に対して、肩身の狭い思いをしていたに違いなかった。沢田が、自分の父であるのが、ばれるのを恐れていた。令子は、父親など、居ない方が良い、と思っていたのではないか。

そんな令子が、自分の父親が仲間を脅かし、ラブホテルに連れ込んでいるのを知ったなら、どんなショックを受けるだろうか。

私は突然、もう一度令子に会ってみたくなった。令子は、この頃ディスコに来ていない、という。私は何となく、沢田が絡んでいる事件に、令子が関係しているような気がしたのだった。

私は住吉にある令子の家を訪れた。ところが、明子は家を売り払い、引越していた。ああいう事件が起こった以上、隣近所もうるさいし、明子が居辛くなったのは分る。口うるさい隣のおかみさんも、明子が何処に引越したか知らなかった。

私はまた友人の記者に、明子の引越先を訊いた。

「波多野、お前はまだあの事件に興味を持っているのかい？　だがな、あの細君は犯人じゃない、ホテルの従業員も、沢田と同伴した女は、若くて、もっと痩せていると証言している、警察は甘くないよ、沢田の細君にも、一応疑惑の眼を向けたんだ」

「そうか、しかしまあ調べてくれよ、俺は何も犯人を探しているんじゃない、中学の教師が、ラブホテルで、女に惨殺されるなんて、教師自身に欠陥がある、しかも教師は補導員だった、俺の小説のテーマにぴったりだろう？」

「作家も楽じゃないな、あの細君にとっては、思い出したくない事件だからな」

「まあ、頼むよ」

私は令子と、彼女の友達に疑惑を抱いていることを、彼には話さなかった。

一週間ほどたち、彼から電話が掛って来た。明子は豊中市のマンションに移っていた。その辺りは道路事情が良く、しゃれた新しいマンションが続々と建っていた。どのマンションも壁の色は白く、秋の陽に輝いている。そういうマンションの一階は、レストラン、喫茶店になっていた。団地とはまた違ったエキゾチックなニュータウンを形成していた。

日曜日なので、明子達は家に居るに違いない、と私はふんでいた。マンションの直ぐ西側が空地で、子供達がキャッチボールや、竹竿（たけざお）につけた網で、バスケットボールの練習をしている。この辺りは新しく開けた場所なので、比較的空地が多かった。遊んでいる子供達の表情は明るかった。

私は長い竹竿を確（しっか）り握っているジーパンの少女を見て、あっ、と思った。

痩せていた令子は肉付きが良くなり、顔も健康そうだった。ルミ子は、令子がディスコに来なくなった、といっていたが、令子の活々とした表情を見ただけで、令子の現在の生活態度が、父親が死ぬ前と一変しているのが理解出来た。

ボールを投げているのは妹の裕子のようであった。

「あかん、あかん、裕子、腕だけで投げとってもあかんよ、腰と足と腕とが一緒になって投げな、もう一度やってみい」

令子は偉そうに説教していた。

私のことなど忘れているのか、全然気にしていなかった。

「お姉ちゃん、そんな難しいこと出来へん」

と裕子が、口をとがらして抗議した。

「じゃ、お姉さんがやったる、裕子は、この竿を持つんや」

裕子は竹竿を持ったが竿は揺れている。

「両手で持ち、歯を喰い縛って、力を入れて」

令子に命令され、裕子は両足を開き、本当に歯を喰い縛って、竹竿を握った。令子は軽く助走すると、見事なフォームでボールを放り上げた。ボールは旨く網に入った。

中学校で、バスケットボール部に入っているのだろう、と私は思った。

学校が変り、ディスコに行かなくなっただけで、令子は別人のように明るく、健康な少女に戻っていた。

憎んでいた父親が居なくなったことも、令子が健康になった理由の一つかもしれなかった。今、眼の前に居る令子を見て、売春をしていた、といっても、誰も信じる者は居ないだろう。

私は暫く姉妹を眺めているうちに、令子を詰問する気持を失ってしまった。そうなのだ、私は令子に、一緒に居た友達が、君の父親を殺したのではないか、と詰問する積りだった。私は令子の仲間に犯人が居て、令子が力を貸した、と推測していたからだった。

私は胸の中に溜っていたどろどろした陰惨な思いが、太陽の光の中で消えて行くのを感じた。

もし、令子が、父親殺しに関係があるとしても、それは終ったことのように思えた。何故なら、令子は全く別人に生れ変ったからである。

少年達のキャッチボールのボールが転がって来たので、私は拾った。軟式野球のボールである。

「おーい、キャッチャー、構えろ、心配せんでも良い、ゆっくり投げてやるから」

私は学生に返ったような気持で、スローのカーブを投げた。

沢田を殺した犯人が検挙されたのは、年の暮れであった。

犯人は、かつての教え子で、ディスコに出入りしている十九歳のホステスだった。暴力団員の女で、覚醒剤中毒患者である。

沢田は、彼女を、堕落した世界から更生させる、と甘言を弄し、彼女と付合ったらしい。

暴力団員が、眼をつけた女だけに、犯人はなかなかの美人だった。

彼女は、沢田を殺した動機を次のように述べている。

「私が更生するには、男から逃げないかんのよ、それには、東京に出て生活するのが一番よ、だけどお金が要るわ、説教だけで更生なんか出来へんわ、だから私、沢田先生に三十万円出して欲しい、といったの、三十万円あったら、必ず更生してみせるって、沢田先生、オッケーしたんよ、それで一緒に寝たんやけど、何時までたっても、お金を出してくれへんのよ、そのくせ、しつこく、ラブホテルに誘うの、私、嘘をつかれた、と思った、私を抱きたいために、嘘をついたんやと、そのことで喧嘩になって、刺してしもうた、あの時のことは、はっきり覚えてへん、うちは覚醒剤で、どうかしとったんや」

夜の聖像

三十五歳の井田浩二は、大阪に本社を持つ婦人服メーカーの宣伝課長代理だった。服だけではなく、下着も製造している。ここ数年、婦人服よりも、独特のデザインの下着の方が、若い女性に人気があり、社名が有名になった。石油ショック以来の不況期でも、社の利益は落ちない。新興会社でもあり、社員達は張り切っていた。

こういう会社では、宣伝課は、営業、デザイン課と共に花形であった。宣伝課の連中で、背広を着、ネクタイを締めている者は少ない。高価なベルベットや、スエードの上衣を無造作に着ている者が多かった。

社長の和気もまだ四十三歳という若さで、宣伝課や、デザイン課の社員の服装に対しては寛容だった。

井田の部下の川崎が、ローカルテレビのコマーシャルに使うモデルが、スタジオに来ている、と告げた。ローカルテレビのコマーシャルの場合、モデルの選択権は井田にあった。課長の吉見は、重要な宣伝、つまり経費の掛る宣伝の場合は、自分の意見を主張するが、こういう場合は井田にまかせていた。

「この間のモデルクラブだね?」

と井田は川崎に訊いた。

川崎は試験に使ってみたい、といいモデルクラブの名を告げた。宣伝課でもよく利用するモデルクラブで、川崎は先日何名かの顔写真を見せた。顔見知りのモデルだろうと思い、スタジオに行ってみると違った。モデルは一人だった。平面的な顔のグラマーで、何処か白痴的な感じのする女である。井田の好みのタイプではなかった。

カメラマンが、モデルにポーズをつけている。彼女は、カメラマンに指示される度に、ロボットのような動作を繰り返していた。

「君が指名したのかい?」

と井田は詰問口調で川崎に訊いた。川崎は確か先日四、五人の候補者を井田に告げた。適当なのを選んでおけ、と井田は川崎に答えた。あの候補者の中に、この女が居たのだろうか、と井田は眉を寄せた。

「はあ、今度のコマーシャルは、サパークラブで、女の子達が飲んでいるシーンです、大衆的な雰囲気ですので、モデル然としたモデルは不適当じゃないですか、こんないもみたいなのを使う方が新鮮味が出ます、他の連中は、先日の候補者の中から選ぶ積りですが」

まだ三十にならない川崎は気負って答えた。川崎の説明には一理あるが、井田はこういうモデルに生理的な嫌悪感を覚えるのだ。

井田はカメラマンの大津を呼んだ。薄茶のスエードの上衣に、赤いシャツを身につけた大津は、最近蓄え始めた鼻下の髭を撫でると、めんど臭そうにやって来た。全く気が乗っていないことは、その態度で分る。井田は、あの女をどう思うか、と訊いた。大津は肩をすくめ、首を横に振った。

「どうも駄目ですな」

と大津は吐き出すようにいった。

「今度の狙いは、大衆的なサパークラブに、ＯＬが遊びに行く時の服ですよ、あれで、ディスコで踊らせたら、別人のように活々して来るんです、スタジオでは無理です」

川崎はどうやら、彼女とディスコに踊りに行ったようであった。多分、ベッドも共にしたに違いない。若い川崎は顔を赧らめて抗議した。あんた達は年齢だ、分っちゃいないんだ、と川崎の顔はいっていた。

「じゃ、彼女だけ、ディスコで踊らせて撮るというのかい?」

と井田はむっとしていった。

「良いコマーシャルを作るためには、それも一つの方法ですよ」

「君のいうことも分るがね、あれは駄目だ、他の二人は、君が選べ、あの女の代りになる女は、俺が探す、まだ五日あるね」

井田はそういうと、手を横に振ってスタジオを出た。井田は席に戻り、煙草に火をつけながら、確かにディスコで踊っている時の彼女は別人だろう、と思った。川崎の意見を通しても良いが、井田は女性に関しては、第一印象で勝負する方だった。

仕事上の女でも、プレイの相手も同じだった。それにしても、川崎は二十八歳である。煙草の煙を眺めながら、井田は、俺の女を視る眼は硬化しているのだろうか、と考えた。宣伝課に戻っても、川崎はまだ彼女に未練を持っているようだった。

井田は、何時までも、柔軟な感情を持ちたい、と思っていた。そういえば、三年前に課長代理になってから、井田はディスコに行ったことがなかった。

井田は川崎を呼んだ。

「川崎君、明後日ディスコに行ってみたい、一度案内してくれないか、あのモデルも連れて行ったら良いな、その結果如何ではもう一度考え直すよ、結論はその時出す、それで良いな」

「ええ、是非そうして下さい、もし駄目なら、きっぱり諦めます」

川崎は喜んで答えた。

井田には、三つ下の妻と二人の子供が居た。長男は小学校二年生で長女はまだ幼稚園だった。結婚したのは十年前である。

知り合ったのは信州のスキー場で、まだ大学生だった。そんなに美人ではないが、笑窪と唇の横の黒子が魅力的で、新鮮な感じがした。健康な女で、結婚してからも、病気をしたことがない。流感で井田と子供達が寝込んだ時も、鼻風邪程度だった。その代り、今は太り、身長は一六〇糎なのに六〇キロ以上あった。

これ以上太るのは嫌だと、余り米を食べないようにしているが、一向に痩せない。細君としての貫禄はあるが、もう女性としての魅力は消えていた。

商売柄、井田は女性に不自由しなかった。

井田の浮気を嗅覚で感じた時など、ヒステリーを起こすが、一時的で、後は仕方がない、と諦めているようだった。井田に取っては良い細君だった。だから井田は、女性問題を家庭に持ち込まないようにしている。

約束の日、井田は川崎と、八時にキタ新地のスナックで待ち合せた。スナックのマダム矢野伊津子もかつてモデルで、井田は三度ベッドを共にした。なかなか評判の良いモデルだったが、金を貯めるため、夜クラブに勤めるようになり、結局それが本業になってしまった。モデルの場合、こういうケースは非常に多い。パトロンを摑んだらしく三年前にスナックを始めたのだ。もう三十半ばだが、まだ往年の美貌はそんなに衰えていない。

それに明るい性格なので、結構繁盛しているようだった。

伊津子と会うと、昔話に話がはずむ。

当時は、マネージャーがうるさく、ニューフェイスのモデルに対して、体形が崩れるから、セックスはするな、と訓辞を垂れたりしていた。今に較べると、モデル達の素行も比較的良かった。その代り、ランクの上の先輩モデルは意地悪で、新しいモデルを泣かせたものだ。

最も意地悪だった細川陽子は、資産家の息子と結婚したが、子供を生んで離婚した。神戸のレストランのマスターと同棲したが、彼の細君に硫酸を顔に浴びせられ、その事件は新聞にも載った。整形したがまだ顔に火傷の跡が残っているらしい。

だが勝気な女で、再び神戸のクラブに勤め、三十も年齢の違う不動産屋をパトロンにして、今は神戸で深夜クラブを経営している、という。モデル達に嫌われていたせいか、当時の仲間は殆ど、彼女の消息を知っていた。井田には、そういうモデル達の中で、一人だけ忘れられない女が居た。加納涼子という中堅どころの女だった。無口で窪んだ眼窩の辺りに何となく翳りがあった。家はかつての布施市、今の大東市で、父は亡くなり、母が小料理屋を経営していた。井田にもはっきりしたことをいわなかったが、本当の母親ではないらしい。

モデルになってから一年ほどして、大阪の扇町公園の近くのマンションに住むようになった。彼女が井田を自分の部屋に入れたのは、付合い始めて、半年ほどたってからだった。昂奮すると身体が汗ばみ、熱を帯び、苦し気に咳き込むのだった。華奢な身体で、強く抱くと骨が折れそうである。井田が一年近く付合ったのは、彼女が可憐だったからだ。

井田は仕事の面で、彼女に力を貸してやった。そして井田との関係が噂になり始めた頃、彼女は突然モデルクラブを辞め、マンションからも姿を消したのである。

東京に行った、という噂もあったが、彼女の現在の消息を知る者は居ない。

悪質な男が居て貢いでいた、という者も居たし、大人しそうな顔をしていて、結構、男達を手玉に取っていた、と悪態をつく者も居た。だが彼女が何故消えたのか、真相を知る者は一人も居なかった。そういう別れ方だったので、今でも井田は、時々、どうしているだろうか、と思い出すことがあった。

「それはそうと、こういうケース、考えられるかい？」

井田は川崎がコマーシャルに出そうとした、ロボットのようなモデルのことを伊津子に話した。伊津子は苦笑した。

「今の若い女の中には、呆れるようなのが居るのよ、名前を出したら可哀そうだからいわないけど、飲みに来るのに、しゃれたラジオを持って来て、ロックを聴きながら、身体を揺すっているの、どうしようもないわ」

「他の客が怒らないかい？」

「イヤホーンで、自分一人で聴いているから、他のお客には聞えないわ、私とおしゃべりする時も、ロックを聴きながら話すのよ、そして喋っている最中、突然奇声をあげたり、カウンターを叩いたりするの……」

「それが、モデルかい？」

「まあね、あれで、結構、舞台では澄ましているらしいわ」

「そんなもんかなあ」

「全部がそうじゃないけど、そんな女が居るのも確かね、だから案外、川崎さんがいう通りかもしれないわ」

そんな話をしていると、川崎が例のモデルを連れて来た。ジーンズでも着て来るのではないか、と思っていたが、ややロングめのワンピースに黒いブーツを履いていた。黒いベルトには金色の留飾りが付いている。Vというマークは、ヴァレンチノだった。驚いたことに、眼が活々しているのは、これから踊れるからだろうか。

「課長、吉川香代子です」

川崎は偉そうに呼び捨てで紹介した。

香代子は井田に反感を抱いている筈だが、それは感じられなかった。にやりと笑い軽く会釈した。川崎に、課長に気に入られるようにしろ、と厳重に注意されて来たのかもしれない。井田は課長代理だが、部下達は、社外では課長、と呼んだ。仕事の上で反抗はするが矢張りサラリーマンだ。適当にお世辞をいうことを忘れない。

「まあ坐れ、一杯飲んでから行こう」

と井田はいった。

川崎の話では、ディスコにも色々あって、ミナミには十代の若者達が集まる安いディスコもあるらしかった。女子中学生、女子高校生の中には売春をして得た金でディスコに踊りに来る者も居る、という。十代の若者達は、耳が割れそうなロックで昂奮し、お互いの身体をぶっつけ合いながら踊るらしかった。

「仕事に何か役立つと思って僕も行ったんですがね、いや、流石についていけませんな、一度で懲りましたよ」

　川崎がこれから行こうというディスコは、アメリカンスタイルのディスコだ、という。

「フィリピンバンドが入ってますがね、なかなか良いですよ、テーブル席で飲めますし、課長は別に踊らなくても構いませんよ、彼女の踊りを見てやって下さい」

　吉川香代子は、またにやりと笑った。眼は笑っているが、笑い方が白痴じみていて、井田は気に入らなかった。伊津子は愛想笑いを浮かべているが、香代子を見る伊津子の眼は冷たかった。伊津子にしてみれば、これが自分の後輩のモデルか、と思うと情けない思いがするのだろう。何処かが欠落している感じだった。

　川崎と香代子は、オンザロックのウイスキーを飲んだ。香代子は猫のように、川崎に身を寄せていた。二人が出来ているのは間違いなかった。伊津子が香代子に、モデルになって何年？　と訊いた。

「八ケ月になるわ」

「モデルの仕事、好きなの？」

　井田の気持が分っているだけに、伊津子の質問は辛辣だった。

「夏は面白かったわ、私、水着が似合うみたい、この五月にグアムで撮ったのよ、あの時は楽しかったわ」

「そうね、水着のモデルさんならぴったりの感じね……」

　余り痩せていると、水着のモデルにはなれない。比較的肉付きの良いモデルが選ばれる。ただ、ショーではなく、水着用に使われるモデルは二流以下だった。

「課長、そろそろ行きましょうか？」

川崎がいうと、井田がまだ返事をしていないのに、香代子はもう腰を浮かしていた。

川崎が案内したディスコは、ビルの三階にあった。フィリピンバンドといっても、彫りの深いハーフのようなバンドマンも居た。

踊っているのは殆ど若い男女だが、服装は井田が思わず眼を光らせたほど、様々だった。映画に出て来るインディアンのような恰好の若者も居れば、紐付（ひもつき）の麦藁（むぎわら）帽子を被っている者も居た。女性の方は、ジーパンから、パンタロン、ミニスカート、ロングスカート、また今流行の裾（すそ）を絞った、古代人の袴（はかま）のようなハーレムパンツなど、好みに合ったものを自由に着ていた。

ソウルを踊り易いようにアレンジしたディスコミュージックは、耳が割れるほど強烈だった。

踊っている連中は、時々手を挙げたり、首を曲げたりしている。

「課長、ディスコの踊りにも流行があるんですよ」

川崎が顔を寄せて大声でいった。

ミュージックが強烈なので、大声を出さねば相手に聞えない。

川崎は上衣を脱いで椅子に掛けた。

「じゃ、踊って来ます」

川崎と香代子は直ぐ踊り始めた。テーブル席には、女同士で休んでいる者も居た。井田はブランデイを飲みながら、香代子の踊りを眺めていた。香代子は井田の視線など意識していなかった。踊りに熱中していた。

スタジオで、ロボットのように、右を向いたり、左を向いたりしている香代子とは別人の女になり切っていた。

川崎が間もなく井田の席に戻って来た。

「課長、いけるでしょう、あれで席に戻って来たら、ぴったりなんですよ、今度のコマーシャルに……」

香代子を眺めている川崎の眼は、間違いなくプロのカメラマンの眼だった。井田は、自分が大きな見間違いをしていたのを知った。

川崎は香代子を抱いたかもしれないが、彼女に女としての興味を覚えたからではないようだった。

彼女を推したのは今度の仕事に絶対必要だ、と感じたからだろう。井田はそんな川崎を知り愕然(がくぜん)とした。

或意味で、今、井田の傍にいる川崎は、若い部下というより、仕事の上での新しいライバルであった。汗に濡れ、振り乱した髪を掻き上げながら席に戻って来た香代子は若いエネルギーが滾(たぎ)っている現代娘であり、今度のコマーシャル用の服にぴったりのモデルだった。多分、他のモデルの中でも、群を抜いて光るだろう。

香代子は井田を見て笑った。生命の花が咲いている、といった顔である。

「川崎君、OKだ、彼女を使おう、踊らせた後で撮れば良い」

大声で答えながら、井田は自分が昂奮しているのを感じた。

香代子は喉を鳴らしてビールを飲んだ。

井田もかつて、フィリピンバンドの入った深夜クラブに遊びに行ったことがある。ゴーゴーが全盛の時代で、客達はバンドと一体となり踊った。だが今のディスコの踊り方は、当時と較べ一層派手になっていた。

ただ凄まじい、としかいえない。

「あら、レイが来ているわ……」

香代子はそういうと、壁際の席に行った。

ジーパンに赤いブラウスを着た女と、白っぽい服を着た女が居た。井田は何気なくその方を見て、思わず眼を見張った。長い髪を垂らした白い服の女は、椅子の上に足を乗せ、背を丸めて膝小僧をかかえていた。時々思い出したように身体を動かしている。

整形しているのか鼻が高く、横顔はハーフのようであった。あの女も狂ったように踊るのだろうか、と井田は不思議に思った。香代子が話し掛けたのは、その白い服を着た女の方だった。

「川崎君、あの白い服の女、なかなか魅力的だな、香代子は勿論使うが、あの女も口説いてみよう、一体何をしている女かな?」

彼女は間違いなく井田の好みの女だった。

凄まじい熱狂が井田の感情を刺戟していた。川崎はハンターのような眼で眺めたが、

「真白な猫のようですな、だがあの顔は今度のコマーシャルには合いませんよ、もう少し、いもの方が良い」

「今度でなくても、何かに使えるな、ひょっとすると拾い物かもしれない」

川崎は探るように井田を見た。

「分りました、この席に呼んで来ましょう」

そういうと川崎は気軽に席を立った。

多分川崎は、井田がレイに興味を持ったのを感じたに違いなかった。二人の女達は、香代子と一緒に井田の席に来た。

ジーパンの女は東南アジア系の顔で、如何(いか)にも踊りが好きそうだった。名前は藤康子といい、新地のクラブで働いている、といった。香代子は、井田にレイを紹介した。

「課長さん、この女(こ)、津田レイさん、ミナミの小さなモデルクラブに居たんですけど、モデルはつまらない、といって、今はぶらぶらしているの、皆、レイと呼んでいるわ」

踊ったせいか、香代子は口調まではきはきしていた。

レイは含み笑いを洩(も)らし、鈍く光る眼で井田を見詰めた。何か薬でも飲んでいるような潤んだ眼だった。眼が大きいだけに、異様な感じがした。

「有名な、ワキタの宣伝課長さんよ」

香代子は二人に告げた。

クラブに勤めているだけあって、藤康子は、よろしく、といって手を差し出した。井田は藤康子と握手をしてから、レイにも握手を求めた。

「井田です、よろしく」

含み笑いを洩らしていたレイが、ワキタの井田さん、と呟いたようだ。遠くの物を見るように井田を見た。細めた眼の中に相変らず鈍い光りがあった。それは鼠を睨んでいる猫の眼のようだった。井田は差し出した腕のやり場に困った。

「さあ、踊ろうか」

と川崎が香代子と康子の肩を叩いた。

「レッツ・ゴー」

二人の女は同時に叫び、踊りの群れの中に川崎と一緒に突入して行った。

井田はレイの傍に椅子を寄せ、よく踊りに来るのか？　と訊いた。レイは、余り来ない、と答えた。

「踊るのは好きかい？」

「好きな時もあるし、めんど臭い時もある、モデルの仕事も一緒、だから、何処も長続きしないの」

「惜しいな、スタイルも良いし、顔だって、ぴったりだよ、今度、うちの宣伝写真のモデルになってくれないかなあ」

「テレビとか、ポスターは嫌」

意外に強い言葉が撥ね返って来た。

「どうしてだい？」

「顔を知られるの、余り好きじゃないの」

これではモデルの仕事は無理だった。

だが大抵の女性は、井田が仕掛けた餌に飛びついて来る。そして井田は最近、そういう女性にうんざりしていたのだ。

「残念だな、だけど、世に出るチャンスを逃す手はないと思うけど」

「別に出たくないわ」

取り付く島のない答だった。

これ以上誘っても無理なのは、はっきりしていた。強烈なミュージックに井田は頭がおかしくなって来た。驚いたことにレイは欠伸をした。欠伸が終ってから口を押え、咳き込んだ。

「咳、よく出るのかい？」

「レイね、気管が弱いの」

かつて同じ言葉を何度も呟いた女性が居た。井田の前から姿を消した涼子だった。

「じゃ、こういうところで踊るの、健康に良くないね」

レイは井田との会話に退屈しているように思えた。

「この席、窮屈だわ」

とレイはいった。

壁にもたれ、膝小僧をかかえて坐りたくなったのかもしれない。井田はこれ以上、ここに居るのが耐えられなくなった。

井田はレイに名刺を渡した。そして、もし、モデルになる気があるなら、電話して欲しい、といった。

何故か井田は、レイが自分の席に戻るまでにディスコを出たくなったのだ。

井田は伊津子の店に戻った。井田も顔見知りの伊津子の友達が来ていた。井田は自分の巣に戻ったような解放感を覚え、久し振りに泥酔した。客が去り、井田は一人でくだらない、馬鹿馬鹿しいと呟きながら飲んでいた。伊津子は井田を持て余し、友達と喋っている。泥酔している反面、神経が異常に冴えていた。伊津子と友達はかつての仲間達のことを話し合っていた。井田も知っている女達の名前が、何人か出た。

何時、涼子の名が出るか、と待っていたが一向に出ない。

「加納涼子はどうした？」

井田は酔眼朦朧とした眼で二人を眺めた。

「課長さん、もう三時前よ」

と伊津子がいった。

「課長じゃない、代理だよ」

井田は拳でカウンターを叩いていた。

川崎の話では、あの夜は午前一時近くまで踊ったらしい。それからミナミのサパークラブに行き、飯を食べ、また踊った、という。

「レイは途中で帰りました、香代子の話では金持ちの娘らしいです、だから、ぶらぶらしているんですね」

「あの女はモデルになる気はないようだ、顔を知られるのが嫌らしい、家がうるさいんだろう、今度のコマーシャル、頼むぞ」

井田は意味有り気な川崎の視線に不快感を覚え、プライベイトな話は打ち切った。

テレビのコマーシャルは大成功で、社長の和気も、香代子を良いモデルだ、と誉めた。

奇妙な時代だ、と井田は思った。若い積りで居るが、川崎に較べると、感覚的にずれているのかもしれない。げんに課長の吉見がそうだ。服装だけは若い恰好をしているが、井田から見ると、老いた、と感じられる時がかなりあった。そして吉見の望みは良い仕事をすることよりも、部長になることにあるようだった。

デンマークのコペンハーゲンで買ったという、手作りのパイプを、丹念に磨いている吉見を見ると、そんな感じがする。日本で買えば十数万円するらしいが、何も会社でパイプなど磨かなくても良い、という気がするのだ。

十月の末まで、比較的暖かい日が続いていたが、十一月に入った或日、突然木枯しが吹き荒れ、街路樹の、黄ばんだ葉を飛ばした。昨日まで二十度以上の暖かさだったのだ。余り突然のことで、井田は朝刊の天気予報を見た。弱い冬型の寒冷前線が近付いて来ているので、今日、明日と冷え込みが強く、日中も寒くなるだろう、と書かれていた。

天気予報もたまには当るのだな、と一人で感心していると、井田のデスクの電話が鳴った。直通電話の方だった。意外にもレイからで、今夜、時間があったら、飲みに連れて行って欲しい、という。おっとりした声で話し終ると、突然電話して吃驚した？　と笑った。

「そりゃ吃驚するよ、もう一月になるね、仕事をしよう、という気持になったのかい？」

「ううん、そうじゃないけど、今日は飲みたい気持なの」

「それで、俺に電話して来たのか」

「突然だし、御迷惑かしら？」

「別に迷惑じゃないよ、会議で遅くなるがね、九時頃なら大丈夫だと思う」

「レイも、遅い方が強いの」

レイの話し方は、ディスコで踊り狂っている若い女性にしては、礼儀正しかった。

あの夜とは別人のようだった。

井田がレイと会う約束をしたのは、彼女の何処か病的な感じがする魅力に惹かれていたからだろう。井田は若者のように気持がはずんだ。ただ何故、レイが思い出したように電話を掛けて来たのか、不思議だった。

仕事の売り込みのためではないようである。吹き荒れる木枯しを眺めながら井田は、レイが電話をして来たのは、木枯しのせいかもしれない、と何となく思った。

現在の井田には、愛人恋人、と呼べる女性は居なかった。遊び相手の女なら、何人か居る。皆、彼女達がモデルだった頃、知り合った女達だった。

俗にいう中だるみ、というやつか、最近の井田は、そういう女達と遊ぶのも、何となく億劫だった。仕事欲しさに電話を掛けて来る女も居るが、手をつけた後を思うと煩わしく、相手にしなかった。

だからレイのような若い女性と一対一で飲むのは久し振りだった。

井田がレイの電話に応じたのは、彼女が井田を惹きつける魅力を持っていたからである。容姿もそうだが、レイには、若い女には珍しく謎めいたところがあった。

それが井田には魅力だった。単細胞の女達に井田は飽きていたのだ。

会議が終ると井田は、約束の場所に行った。あのディスコの向いが喫茶店で、レイはそこで待っている、といったのだ。

会議のため、三十分ほど遅れ、行ってみると、レイは居なかった。まだなのだろうか、それとも井田が遅刻したので、怒って帰ったのだろうか、と井田は苛々(いらいら)しながら、コーヒーを注文した。しかし、三十分ぐらいなら、待ってくれても良い筈だ、と井田は思い直した。ウエイトレスがコーヒーを運んで来たので、井田は思い切って、レイが待っていなかったか、と訊いた。

井田がレイの容姿を説明しようとすると、ウエイトレスが、レイはさっき、店を出た、と告げた。十五分ほど前に出たようだった。

「レイちゃん、サロメに行く、といっていました、ああ、お客さんが、レイちゃんのお連れでしたか……」

ウエイトレスは不思議そうに井田を見た。

レイが約束した相手にしては、もう一つぱっとしない、とウエイトレスは思ったようであった。

井田は、ウエイトレスからサロメの電話番号を教わり、喫茶店から掛けた。

「井田だよ、三十分ぐらい待っていてくれたら良いのに」

「レイね、待つの、嫌いなの」

「誰だって待つのは嫌いだ、だけど会議というやつは、思ったより延びるんだよ、途中で抜け出すわけにも行かないし……」

「会議なんて、大嫌い」

「そう怒るな、今行くから、今夜は楽しく飲もうと思って、出て来たんだよ」

「じゃ、ここに来て頂戴」

そういうとレイは電話を切ってしまった。井田はウエイトレスに、サロメの場所を訊いたが、彼女も店が何処にあるか知らなかった。普通なら、この段階で井田は、レイと飲むのを諦めている筈だった。レイの方から電話して来たにも拘らず、レイの言動は全く一方的だった。感受性だけ発達した少女のようである。そういう女性と付合うと、神経がくたびれるのは明らかだった。

それにも拘らず、井田はサロメに電話し、店が何処にあるか訊いた。

電話を終えて井田は、俺らしくないな、と自分に向って呟いた。

夜になっても木枯しは止まなかった。

井田は皮のブレザーを着て来て良かった、と思った。家を出る時、背広を着ようか、と迷ったのだ。

サロメという店名から、普通の店ではない、と予想していたが、案の定、そこはレズバーだった。まだ時間が早く、客はレイ一人だった。背広を着た背の低い女達が、レイの席に群がっていた。

女装の女も居るが、髪はみなカットしていた。井田はこういう店は苦手だった。

井田は多分、気難しい顔をしていたに違いなかった。レイは井田の気持が分ったのか、薄笑いを浮かべると、カウンターの中に居た縦縞の背広を着た男を呼んだ。

「ママ、いらっしゃい、ワキタの宣伝課長さんを紹介するわ」

ワキタの名を、こういう店の女達も知っていた。彼女達は下着について、今にも論じたそうな顔で井田を見た。金縁の眼鏡を掛けたマダムは、矢張りマダムらしく、丁重な態度で挨拶した。

「マスターを、ママと呼ぶのは、レイちゃんだけなのよ」

顔だけはち切れそうに丸く、そのくせ胸の薄い女が、井田にいった。白ブラウスの隣の女は、いやに胸が盛り上っていた。レズの女は、乳房が大きいか、小さいかどちらかで、標準型は少ない、と伊津子が説明したことがあった。伊津子は、その気（け）がないのに、レズ趣味の女性によく誘われるらしい。

「本当よ、レイちゃんだから通るのよ」

隣の女が頷いた。

「だって、付くべきものが、付いてないんだから、ママよね」

とレイがいった。

「ええ、その通りよ」

とマダムが愛想笑いを浮かべた。

レイには、レズ趣味がなさそうだった。もしその趣味があったなら、矢張り、マスターと呼んでいるだろう。色の浅黒い細面のマダムは、レズ趣味の女に持てそうな顔をしていた。マダムは、レイが自分目当に来るのではないことを知っていた。だから、カウンターの中に居たのだろう。

人が変ったように井田は無口になっていた。ブランデイを一杯飲んだ井田は、レイに出ようか、と囁いた。レイが拒否したなら、井田は一人で出る積りだった。

ところがレイは、あっさり従ったのだ。

井田の感情の推移を観察していたようであった。

「あそこには、よく行くようだね？」

と井田はいった。

「時々よ、まともな女の子が居ないでしょ、だから気が楽なの、レイも、まともじゃないから……」

「君はまともじゃないのか？」

「まともじゃないでしょう、ディスコで踊っても夢中になれないし、勉強は嫌いだし、結婚もしたくないし、それに、どんなに飲んでも酔わないのよ、レイは……」

「ようするに、何時も醒めているんだね？」

「何時も醒めているなんて、恰好が良いわ、レイって、もっと人間臭い女の子なの、どう、この顔？」

レイは立ち止まると、唇を突き出し、瞳を鼻の方に寄せた。白眼の部分が大きく拡がり、魔物に取り憑かれたような無気味な顔になった。エクソシストの映画に出て来た女の顔と何処か似ていた。井田が一瞬ぎょっとすると、レイは初めて楽しそうに笑った。

「レイって、本名かい？」

「ええ、津田レイ子、レイは命令の令という字を書くの、ねえ、何処に飲みに行くの、レイはね、女の子の居るクラブは嫌よ、行っても面白くないもの」

「ああ、分っている」

井田は伊津子の店にレイを連れて行った。

伊津子の店のギタリストは、なかなか演奏が上手い。井田はレイとテーブル席に坐った。三十半ばのギタリストは、客のリクエスト曲も弾くが、大抵の曲は知っていた。

「今日は、突然電話をくれたので吃驚したよ」

と井田はレイにいった。

「気紛れなの、怒った？」

レイは意味有り気に井田を見た。

「怒ったなら、会わないよ、木枯しのせいかもしれない、と思った」

「ええ、こんな日は嫌い、雪が降る日も嫌い、何をしていても落ち着かないの、でも、積った雪を見るのは好きよ、今年の二月大雪が降ったでしょう、朝、窓を開けたら、積った雪だけが、輝いていたわ、嬉しくなって飛び出して、パジャマだけで庭で踊ったの、ママに叱られたけど、ママはね、有閑マダムなの、ボーイフレンドも沢山居るわ、もう良い年齢なのに、本当にしようがないの、親父が悪いんだけど」

レイは機嫌良く喋った。

井田に向って話しているというより、独りで喋っているようだった。

「親父が悪いって？」

「女遊びが激しいの、だからママは自棄になったんだわ、でも、ママだって、結構楽しそうよ」

「兄弟は居ないのかい？」

「姉が居るわ、今、東京でブティックをしているの、ママはね、姉が嫌いなの」

「どうしてだい？」

レイは口を開きかけたが、ゆっくり首を横に振ると謎めいた微笑を浮かべた。

そこで一時間ばかり飲んだだろうか。レイはミナミのサパークラブに行きたい、と言い出した。テレビでも絶えず宣伝している有名なクラブである。だが、時刻は十一時を過ぎているので、新地の中に車は入らなかった。

タクシーを呼ぶと伊津子の店から、タクシーの来る場所まで二百米（メートル）ほど歩かねばならなかった。レイはそのサパークラブで踊りたくなったらしい。

「御堂筋に出て、タクシーを拾うか？」

「その方が良いわ」

とレイは答えた。

伊津子はビルの下まで二人を送って出た。

「素敵なお嬢さんじゃないの、でも井田さん、押され気味よ、井田さんらしくないわ」

と伊津子は井田に囁いた。

木枯しは何時の間にか去っていたが、冷え込みが強かった。レイは咳き込んだ。

「寒いわ」

とレイは井田に身を寄せた。

レイは白いシルクの服に青いスエードのベストを着ていた。井田は歩きながらレイを抱き寄せたが、レイは素直だった。そんなレイは可憐な少女のようだった。

「雪が降らないかしら、恐いわ」

レイは空を見上げた。

厚い雲が夜空を覆っているらしく、月も星も見えなかった。今にも雪が降りそうだが、まだ十一月だった。

「まだ雪は降らないよ、二、三日すれば暖かくなる」

井田は天気予報を思い出しながらいった。

百米ほど歩くとレイは、サパークラブに行きたくなくなった、と告げた。

「レイ、家に帰りたくなった、ねえ、レイの家で飲まない?」

「君の家だって、御両親が居るのだろう、そりゃ不味いよ」

と井田はぎょっとした。

「親父は、別居しているのよ、一週間に一度しか戻らないわ、ママは平気よ、今日は神戸に遊びに行ってるから、戻るのは午前二時か三時よ、レイね、時々、ボーイフレンドを家に連れて行くの、ママと一緒に踊る時もあるわ……」

もし井田が拒否すれば、レイは一人で家に帰るに違いなかった。それに井田は、レイがどんな家に住んでいるか興味もあった。

御堂筋で二人はタクシーに乗った。

「六甲よ」

とレイは運転手に告げた。

レイの家は六甲山の山麓の高台にあった。

井田が想像していた以上の豪邸だった。その辺りは戦後に出来た新興の高級住宅街である。勝手口に通じるドアも、白ペンキを塗った鉄板だった。テレビカメラが備えつけてあるらしく、ベルを押すと明りがついた。

「お手伝いの小母さんが一人居るだけよ」

とレイはいった。

レイの母は、まだ戻っていなかった。

庭に面したリビングルームは、一寸したパーティーでも出来そうな広さがあった。建坪だけで、八十坪から百坪はあるだろう。敷地は二百坪以上あるに違いなかった。

レイの母が外出している夜は、彼女はこの広い豪邸で、一人切りなのだ。

それだけでも、レイが、ふらっと繁華街に出掛ける気持が、井田には痛いほど理解出来た。リビングルームにはピアノが置かれ、大理石のテーブルには、純金で縁取られたイタリー物らしい灰皿があった。

装飾暖炉の上には、有名画家の五十号の絵が飾られていた。中近東製らしい棚には、二十種類ばかりの洋酒が並べられていた。

井田は薄い皮張りのソファに坐ったが、落ち着かなかった。この豪華な広々としたリビングルームに居ると、レイは華麗な人形のように思えた。この部屋には、家庭の匂いが全くなかった。

「落ち着かないでしょう、レイだって、ここで、一人で坐っていると、凄く淋しくなるの、小母さん、紅茶を運んで来るから、飲んだら、レイの部屋に行きましょう、小母さんはね、お客が来たら、紅茶を出さなければならない、と思っているのよ、だから、飲んであげなければ、小母さん傷つくの」

レイのいうお手伝いの小母さんは、六十になるが、もう十年も、レイの家で働いている、ということだった。

「優しいところがあるんだね」

井田は不思議な思いで、レイを見直した。

「だって、レイは我儘だから大勢の人を傷つけていると思うの、せめて、小母さんぐらい、優しくしてあげなくっちゃ」

紅茶の盆を持った小母さんは、井田に向って、いらっしゃいませ、と頭を下げた。よく見ると髪は白くなっているが、品の良い顔をしていた。井田は遅くお邪魔しまして、と会釈した。

「小母さんは耳が遠いの、そしてね、ここは上流家庭だと錯覚しているの、だから、若い男を連れて来た時は、レイ必ずいうの、小母さんが飲物を運んで来たら、有難う、と礼をいいなさいって、大学生の男なんか、吃驚するわ」

レイは、井田が小母さんに、ちゃんと挨拶したので、喜んでいるようだった。
厚い絨毯（じゅうたん）を敷いた階段を上ると廊下だった。レイの部屋は広かった。ベッドルームは隣室だが、カーテンで仕切られていた。壁には黒人歌手の写真と、小さな漁港の風景画が飾られていた。写真と絵は全く異質で繋（つな）がりようがなかった。勉強机には、ビキニの水着姿のレイの写真があった。

大きな本棚はカーテンで覆われているので、どんな本が並べられているのか、井田には見当がつかなかった。ただ机の上には、哲学書、西洋歴史、社会学の本が無造作に置かれている。矢張り学生だったのか、と井田は内心頷いた。窓際にはテーブルと、椅子が二つあった。レイは窓のブラインドを開けた。六甲山麓から、大阪湾にかけての灯群れが眼下に拡がっていた。神戸の方は西側の暗い屋根に遮（さえぎ）られて見えないが、尼崎から大阪港、そして堺の臨海工業地帯の灯まで、きらびやかに煌（きらめ）いていた。多分車のライトのせいだろう、灯群れの中には、信号機のように絶えず明滅している灯が多かった。それだけに灯群れは生きており、お互い語り合っているようだった。

レイは書棚の上のガラスケースの中から、ブランデイのボトルとグラスを取り出した。贅沢な部屋だ、と井田は夢でも見ているような気がした。何故レイは井田を自分の部屋に案内したのだろうか。グラスを口に運びながら井田を眺めるレイの眼は、謎めいた笑みを含んでいた。気紛れ、とレイはいったが、それだけではなさそうな気がした。

坂道を上って来た車が、レイの家の前で止まったようだ。

「ママが帰って来たわ」

「えっ、お母さんが、不味(まず)いな」

井田は現実に戻った。

「構わないの、きっとボーイフレンドと一緒よ、ママはママ、レイはレイよ」

レイは無表情な顔でいった。

本当の母親なのか、と井田は訊きたかった。

間もなく机の上のインターホーンが鳴った。

「令子、お客さんなの？」

レイの母親にしては声が若かった。

「そうよ、ママもお客さんでしょ？」

レイは眼を細めた。

妖気のようなものがレイの顔から立ち昇っていた。井田はレイが母親を憎んでいるのを感じた。


それから一月たった。忙しい仕事に追われながらも、あの不思議な一夜を井田は忘れなかった。あの夜、井田は午前二時過ぎまで飲み、隣のベッドルームでレイを抱いたのだ。レイが咳き込み、苦しそうにベッドで横になったので、背中をさすっているうちに、突然、レイが抱いて、と井田に縋(すが)りついたのだ。母親はレイの部屋に姿を見せなかった。

不感症ではないが、井田に抱かれても、レイの身体は余り反応を示さなかった。井田に抱かれている間、レイは苦しそうに喘いでいただけである。

井田がレイの家を出たのは夜明けだった。

ガウン姿のレイは、井田を勝手口まで案内した。外のドアは鍵を掛けなくても良い、とレイがいったので、井田はそのままにして帰ったのだ。

何故レイが井田を誘ったのか、一月たっても井田には納得出来なかった。

井田はそれとなく川崎にレイのことを訊いた。川崎は井田がレイの家に行ったのを知らない。川崎がレイについて調べたのは、井田がレイに、まだ関心を抱いている、と思ったからだろう。

十二月の初め、井田は川崎と昼食を共にした。

「課長、彼女を使うのは無理ですよ、前居たというモデルクラブに当ってみましたがね、ルーズなんです、良いスポンサーに気に入られ、大事な仕事を取ったのに、すっぽかしたらしいんです、危なくて使えない、といっていました、大体モデルになるような女じゃない、現在、S女子大に籍を置いていますが、学校には殆ど出ていないようです、それに父親が津田勇造ですよ、ほら一昨年、琵琶湖タウンの開発で、新聞種になった男です、公園指定地を無許可で開発したM不動産の黒幕といわれた……」

川崎は上眼遣いに井田を見た。

井田はそんな川崎の眼を見て、レイとの関係を知っているのではないか、とふと思った。

それにしても、レイの父親が津田勇造だったことは、井田に衝撃を与えた。津田勇造が別居しているから良いようなものの、もし家にでも戻っていて、レイのベッドに居た井田を見付けたなら、井田の人生は終りだった。井田は冷汗が滲むのを覚えた。

「驚いたね」

と井田は呻くように呟いた。

「いや、僕も驚きました、それに母親というのが、T歌劇団出身で、一時タレントとして売り出した藤谷八重です、今は遊び廻っているようですよ、レイは取り巻き連中に金をばら蒔いて夜遊びしていますが、我儘で鼻持ちならない、という噂です」

川崎は、鼻持ちならない、と力を込めていった。

井田は、それは違う、と胸の中で呟いた。お手伝いの小母さんに対する思い遣りは、傲慢な女が決して持ち合せていない、人間的な優しさだった。もしレイが取り巻き連中に対して傲慢なら、彼女は自分に近付いて来る男女の中の卑しさを見抜いているからだろう。

「あの女はどうした?」

と井田は川崎に訊いた。

「香代子ですか、彼女の出番は終りましたよ、あのコマーシャルをチャンスに、自分を売り出そうという意欲があれば良いんですがね、矢張りいもですよ」

　川崎は吐き捨てるようにいった。

　井田は、この一月の間、何度かレイに電話しようと思った。井田が電話しなかったのは、電話しても、あっさり拒否されそうな気がしたからだった。

　電話しなくて良かった、と井田は胸を撫で下ろした。

　十二月になると暑かった長い夏を見返すように寒さが厳しくなった。

　社では、すでに来年の初夏の服の宣伝を始めていた。井田はファッションショーのモデル達と、九州に行ったりした。

　井田がレイに再会したのは、大阪のホテルで開かれたディナーショーの時だった。社と親しいデパートが主催した宝石のディナーショーで、十数年人気が続いている歌手が出演した。

　井田は仕事の関係で出席したのだ。ショーが終り、ホテルのコーヒーショップで一休みしていると、レイが母親と一緒に入って来た。八重は派手な眼鏡を掛け、如何にも有閑マダムらしい濃い化粧をしていたが、五十近い年齢は隠せなかった。

　井田はレイとまともに視線を合せたので、逃げる訳にはゆかない。

　津田勇造の娘、という意識があるので、井田は立って挨拶した。

　母娘は井田の近くの席に坐った。母親が井田を見たので、井田は頭を下げた。八重は会釈を返
レイのことだから、井田との関係を母親に喋っているかも分らない。

したが、冷やかな眼が光っていた。

井田が席を立つチャンスを窺って(うかが)いると、レイが井田の席にやって来たのだ。

「井田さん、お久し振りねえ、この間電話したのよ」

とレイがいった。

井田が九州に出張している時のようだった。レイはしげしげと井田の顔を眺めた。

「どうして、そんなに固くなっているの？」

とレイが訊いた。

「だって、お母さんが居るでしょう」

「ママが居るから固くなるの、関係ないじゃないの、井田さんが泊ったこと、レイ、ママに話してないわ」

「僕も、誰にも話していない」

「何だか変だわ、レイを恐がっているみたい、どうしたの？」

レイの母親は煙草を喫いながら、井田の方を眺めていた。

「矢張り、お母さんが居ると緊張するよ、今度ゆっくり会いましょう」

「そうね、レイね、井田さんに教えてあげたいことがあるの、井田さん、きっと吃驚するわ」

「教えたいこと……」

「明日、お昼頃、電話して頂戴、レイ、おうちに居るから、電話番号、知っているんでしょう」

「ああ、知っている」

レイが手を差し出した。井田は母親の視線を意識しながら、仕方なく握手した。レイの掌は冷たかった。

「約束よ」

翌日、社に出ても井田は落ち着かなかった。教えたいことというのは、自分の父のことだろうか。それ以外、井田には思い当る節がなかった。だがレイは父親には余り関心を抱いていない。あの夜も、津田勇造については、別居していること以外、何も話さなかった。何も殊更、父親のことを話す必要はないだろう。教えたいこと、という以上、井田に関係した問題に違いなかった。

ただ井田はレイに電話する、と約束した。レイの性格を考えると、約束を破ったなら、怒るに違いなかった。井田を軽蔑するかもしれない。井田は迷いに迷った末、レイの自宅に電話した。電話に出たのはレイだった。レイは彼女専用の電話を持っていた。騒々しい音楽が聞えて来た。

「一寸待ってね、うるさいでしょう、今消すから」

レイは眠そうな声でいった。

音楽が消えた。

「今ね、お酒を飲んでいるの、これから眠るの、だって、朝まで本を読んでいたのよ、面白い小説よ、姉妹がね、一人の男と関係するの、初めは旨く行っていたんだけど、だんだん、姉と妹が嫉妬し合うようになって、結局、姉妹が共謀して、その男を殺してしまうの、フランスの小説よ、知っている？」

「いや、知らないな」

若い頃は小説を乱読したが、現在の井田は、小説とは無縁だった。それに井田は、そういう内容の小説は好きでなかった。

「面白かったわ、今から夜まで眠るけど、今夜、家に来て欲しいの」

「いや、君の家に行くのは勘弁して欲しい、君のお母さんに会った以上、僕の気持が許さない」

「一度来たのに、卑怯よ、今夜、ママは居ないわ、お友達と旅行に出たわ、だからママのことは心配しなくても良いのよ」

「居ても居なくても、気持が許さないんだよ、分ってくれないかなあ」

「分るわ、レイがいっているのは卑怯、ということよ、だって一度家に来たじゃないの」

レイの機嫌が悪くなった。

レイのいう通りだった。井田は自分が卑怯なのを認めざるを得なかった。もし、レイの父親が津田勇造でなかったなら、井田は行っていたかもしれない。

「確かに卑怯だと思う、謝るよ、君の家でなかったら、何処へでも行くよ」

「教えたいことがある、といったでしょう、吃驚することよ、レイの親父に関係があるの、レイの親父って悪なの」

冷汗が滲んで来た。

「君のお父さんと僕と関係あるのかい？」

と井田は早口で訊いた。

「そうね、ないこともないわ、レイは親父の娘だし、あなたはレイと寝たでしょう」

レイは揶揄（やゆ）するようにいって低く笑った。

「それは、どういう意味なんだ？」

「別に意味なんかないわ、でもあなたに教えたいことって、確かに親父に関係あるのよ」

井田の頭は混乱した。

川崎が報告した通り、新聞に載ったから津田勇造の名を覚えていたので、井田は一度も彼に会ったことはなかった。

「どんな関係なんですか、僕は君のお父さんを知らない、本当だよ、名前も知らない」

「くだらない親父よ、理由は会ってからお話するわ」

「ねえ、君の家じゃなしに、別な場所にしてくれないか？」

「今日は、何処にも出掛けたくないの、八時か、九時頃来て頂戴、じゃ、ね」

そういうとレイは電話を切ってしまった。井田の汗で送受器が濡れていた。多分井田は蒼白になっていたに違いなかった。

何人かの課員が怪訝な顔で井田を眺めていた。

社を早めに出た井田は、伊津子の店で飲んだ。レイは別に井田を脅したのではない。だが井田はレイに脅迫されたような気がした。俺がどうして津田勇造と関係あるんだ、と井田は叫びたかった。

もし井田が今夜行かなかったなら、レイはどういう態度に出るだろうか。井田が一番恐れているのは、レイが井田との関係を津田勇造に告げることだった。レイが軽蔑している父親に、そんな馬鹿なことを話す筈はなかった。分っているにも拘らず井田の恐怖心は消えなかった。

「どうしたの、井田さん?」

伊津子が不思議そうに訊いた。

「いや、何でもない、君は津田勇造って、知っているかい?」

「津田勇造、知らないわ」

「琵琶湖タウンの事件、知らないのか?」

井田は伊津子に怒鳴った。

「何も怒鳴らなくても良いじゃないの、私、そんな事件、興味ないもの」

と伊津子も怒って答えた。

「新聞に出たじゃないか」

「覚えていないわ、そんなこと、男のために、何億も銀行の金を横領した女の名前なら覚えているけど……」

　確かに伊津子のいう通りだった。

　伊津子のような女が、関心を持つ事件ではなかった。

　井田がレイの家を訪れたのは、矢張り、津田勇造と関係がある、といわれたからだった。それに伊津子の店で、ウイスキーのオンザロックを七杯飲み、酔った勢いもあった。

　すでに時刻は十時前だった。

　ベルを押すと、例の小母さんがドアを開けた。

「いらっしゃいませ」

　と小母さんは丁重に井田を迎えた。

「夜分にお邪魔しまして」

　と井田も頭を下げた。

　リビングルームの方に行こうとすると、小母さんは階段に向った。井田の方を振り返り、

「こちらの方です」

　と物静かな声でいった。

　強烈なソウルミュージックが聞えて来た。

　耳が割れそうな音楽の中で、レイは踊っていた。レイは井田を無視したように踊り続

けた。井田が遅刻したので、腹を立てているのだろう。

井田は数分我慢していたが、

「音楽、消してくれないか」

と怒鳴った。

「遅刻した罰よ」

レイは踊りながら舌を出した。

心の底から怒っている様子でもなかった。

テーブルには、ブランデイのボトルとグラスが置いてあった。レイもかなり飲んでから踊ったのだろう。部屋にはブランデイの甘い匂いが微かに漂っていた。

レイはやっと音楽を消すと、荒い息を吐きながら、窓際の椅子に坐った。窓ガラスは濡れて曇り、眼下の灯群れはさだかではなかった。

「教えたいことって何だ？」

酔っていた井田は嚙みつくように訊いた。

「そんなに慌てなくても良いじゃないの、今夜はお祝いなんだから、今、お姉さんに電話するわ、レイのお姉さんはね、気が弱いから駄目なのよ、待っててね」

レイはゆっくりダイヤルを廻した。

東京に掛けたようだった。

「もしもし、お姉さん、レイよ、この間、親父、脳溢血で倒れた、といったでしょう、もう完全に動かないのよ、お医者さんは、再起不能だっていうの、レイね、夕方病院に行ったの、レイの顔を見て、何かいおうとしていたわ、どうやら、家に戻りたくなったんでしょう、冗談じゃないわ、四号か、五号か知らないけど、今の女が看病すべきよ、そうでしょう、そうそう、お姉さんのボーイフレンドが、傍に居るの、電話代るから……」

レイが送受器を井田に差し出した。

「君の姉さんて……」

「加納涼子さんよ、親父の二号が生んだらしいわ」

井田の眼の前から総てが消えた。

「御無沙汰してます、井田さんお元気ですの？」

涼子の声は昔のままだったが、不思議なほど落ち着いていた。

「驚いたよ、何が何やら訳が分らない、だけど、どうして、君は突然姿を隠したんだい？」

「もう過ぎたことですわ、理由は妹が話すと思います、妹は感情が激しいので、時々はらはらしますの、それはそうと、私、近々結婚しますのよ」

「それは良かった、お目出度う」

微かな嫉妬を覚えないではなかったが、祝福してやりたい気持の方が強かった。

「妹と代ってくれます？」

もっと話したかったが井田は、送受器をレイに渡した。

「ねえ、結婚式にはレイも行くから、招待してね、レイを呼ばなかったら怒るわよ、井田さんて、なかなか良い人ね、少し卑怯だけど、殆どの大人は卑怯だから仕方がないわ、だけど、レイの好みじゃないわ」

涼子が何かいったのだろう、レイは大きな声で笑うと、心配しないで、といって電話を切った。

「レイね、お姉さんからあなたのこと、聞いていたわ、レイはお姉さんが好きなの、レイより年齢上なのに、何時も、何かに怯えているような性格だから、お姉さんが東京に逃げたのは親父のせいよ、親父がお姉さんのマンションを買ったんだけど、時々、泊るらしいの、そして酔った勢いで、お姉さんに乱暴しようとしたのよ、本当に獣のような男だわ、それでお姉さん逃げたの、ねえ、今夜は徹夜で飲みましょうよ、親父は罰を受けたし、お姉さんは結婚するし、こんな嬉しいことないわ、レイね、ディスコで、あなたから名刺貰った時、他人でないような気がしたの、だって、お姉さんが好きだった人だからよ」

井田は茫然とした。

それなら何故寝たんだ、と井田はいいたかった。だが、生理的な面で女になっていないレイにとって、井田とのセックスは、純粋に精神的なものかもしれなかった。

そして、三十五歳の井田にも理解出来ない若い女性が増えつつあるのは、間違いなかった。

憎悪の影

東京の有名な女子大を出た悦子は、佐倉忠夫と見合結婚した。佐倉忠夫はT大を出、N銀行に勤めていた。忠夫は色白で如何にもエリートの銀行マンらしかった。幹部から余程目を掛けられているのだろう。忠夫は一度も地方の支店に転勤にならなかった。都内のS支店次長を終えた忠夫は三十八歳の若さで、本店の調査部長代理になった。同期入社の者の中には、まだ地方の支店長で居る者が多かった。

忠夫が出世コースの先頭を切って走っているのは明らかだった。

悦子は三十四歳、二児の母親になっていた。家は横浜の高台にあった。新興住宅地だが敷地八十坪、建坪は五十坪の鉄筋の家で、窓から眺める横浜の夜景は素晴しかった。夫については、余り文句をつけるところはなかった。麻雀などには見向きもしないし、酒は余り飲まず、趣味といえばゴルフだけだった。だからといって悦子は夫婦生活に満足し切っているわけではない。

大学時代に文学書を乱読した悦子は、今でも小説が手放せない。かつてのように難しい文学書を読むことはもうなかったが、新聞を見ていて、ベストセラーになった本は必ずにん読んだ。そのおかげで、銀行がどういうものか、分るようになった。銀行業務は、たんに金を貸し出しするだけの単純な仕事ではないようだった。伏魔殿的な要素を持っていた。だが忠夫には、そういう悪の匂いはなかった。家庭での忠夫は良き夫であり、良き父親であった。

ただ悦子はそんな忠夫を見ていると、一体何を考えて生きているのだろう、と不思議に思うことがあった。忠夫が家庭で話すことといえば、上司の噂話であり、出世のことであった。一度、忠夫が泥酔状態で帰宅したことがあった。忠夫は悦子の手を握ると、加藤専務が副頭取になった、と喚いた。忠夫は加藤に可愛がられており、加藤を大切な親分と思っていた。

忠夫は悦子の手を握りながら玄関のフロアで踊り、童謡を歌った。

結婚して以来、忠夫が泥酔するほど喜んだのは、その時が初めてだった。

悦子は結婚するまで、二人の男性を知っていた。一人は高校を卒業した時、相手の下宿先で肌を許した大学生だった。テニス部のコーチとして高校に来ており知り合った男だが、肌を許したというより、暴力的に犯された、といった方が良いだろう。激痛が相手に対する憎しみを深め、悦子は一時男性恐怖症に罹った。

二度目は大学三年生の時知り合った井能である。井能は地方の坊ちゃん連中が集まる私大の学生で、悦子の大学の近くの店にアルバイトで勤めていた。その店では若者向けのレコードや書籍を売っていた。一寸したアクセサリーなども置いてある。隣にしゃれた喫茶店も経営していた。井能は長身で彫りの深い顔をしており、若い女性客の受けが良かった。適当に文学書も読んでおり、悦子と話が合った。三度目のデートの時、井能はプロポーズした。悦子は自分も井能を愛し始めていたのを知った。次に会った時一緒に飲み、ラブホテルに連れ込まれた。最初ほどの痛みはなく、これも自分が井能を愛しているせいかもしれない、と悦子は涙を流した。

それから三ケ月目に同じ女子大に居た軟派グループの工藤敬子に呼び出された。

井能は一年ほど前から、工藤敬子とも関係していたのだった。

悦子は酷(ひど)いショックを受けた。そして、男性を視(み)る眼がない自分を恥じた。

悦子が忠夫と見合結婚をしたのは、男性に対する夢を捨てたせいかもしれなかった。

悦子が三十五歳になった時、忠夫は業績が悪くなった化学会社に、役員として派遣された。その化学会社のメイン銀行は、忠夫が勤めているN銀行だった。化学会社が倒産すれば、N銀行は大損害を受ける。

忠夫は傾きかけた化学会社の業績を立ち直らせる使命を帯びて、派遣されたのだった。

俺の腕の見せどころだ、と忠夫は意気込んでいた。だが石油ショック以来の不況で、その化学会社は大きな傷を受けていた。

忠夫が幾ら意気込んでも、荒療治は出来ない。化学会社の業績はなかなか回復しなかった。

一年ぐらいたった頃から、忠夫は酒を飲むようになった。酔って遅く帰って来ることが多くなったのだ。悦子はそんな忠夫を待たずに先に寝た。忠夫が化学会社で孤立しているのは明らかだった。憂さ晴らしに忠夫は酒を飲んでいるようだった。

悦子がゴルフを始めたのはその頃だった。悦子はゴルフに没頭することで、何となく家庭に忍び寄って来た隙間風を追い払おうとした。忠夫の生き方について、忠夫と話し合う気にはなれなかった。もし話し合ったりしても、どうなるものでもない。忠夫を追い詰めるだけだった。

銀行が忠夫を引き戻さないのは、まだ忠夫の手腕に期待を抱いているからだろうか。それとも、忠夫をも含めて、化学会社を見放しているのか、悦子にも見当がつかなかった。

そんな或日、忠夫が、井能という男を知っているか？　と訊いた。悦子は井能を忘れてなかったが、慎重に知らない、と答えた。

「君が大学生だった頃のボーイフレンドらしいよ、君のことをよく知っている」

忠夫は上機嫌だった。

「これでも学生時代は持てたのよ」

そう答えながら悦子は、井能と忠夫の関係を訊いた。

「うちの会社の営業課長だったが、今度、僕が部長に抜擢した、多少、はったりじみたところがあるが、仕事は切れる。大口の注文をよく纏める男だ……」

世間は狭いものだ、と悦子は吃驚（びっくり）した。

忠夫の話によると、井能は、自分が直接アラブに行き、販売ルートを開拓する、と主張したらしい。商社まかせの重役達は、そんなことをしても徒労に終ると消極的だったが、忠夫が社長を口説き、行かせることにしたらしかった。

「実際、幹部連中の無能さには愛想がつきたよ、屋台骨が傾きかけているのに、寝転んでごたくを並べているんだからな、井能のような人間がもう二、三人居たら、社内にも活気が出る。一番大切なのは、社員の一人一人が、やる気を起こすことだ、それ以外ない」

忠夫の機嫌が良いのは、やっと井能という乾分を持ったからに違いなかった。

「井能さんが、私と知り合いだったの、何時知ったの？」

悦子は不愉快さを必死で押え、何気ない口調で訊いた。昨日だよ、と忠夫は答えた。

嘘つきなはったり屋で、下劣な男だ、と悦子はいいたかった。悦子は井能の手腕は知らないが、女性を騙すような男が、良い仕事をするとは思えなかった。

だが悦子は湧き上って来る井能への憎悪を押えた。忠夫のために押えたのではなかった。井能が自分に対してどんな態度を取るか、知りたくなったのだ。何故そんな気持になったのか、悦子自身にもよく分らなかった。

「ねえ、今度の土曜日、井能さんを招待しましょうよ、私が食事を作るわ」

と悦子は乾いた声でいった。

ゴルフで陽焼けした井能の額には、三十半ばとは思えない皺が刻み込まれていた。

金縁の眼鏡が気障でなく似合い、一見渋味を感じさせる井能は、今でも若い女性に持てそうだった。その日、井能は恐縮したセールスマンのような態度で悦子に接した。悦子の冷たい視線を浴びると固くなって俯くのだった。

そんな井能の態度は、悦子には意外だった。かつての井能は、大勢の女客の中から、狙った獲物を視線の端で追い掛け、捕えて放さない特技を持っていた。井能の視線は厚かましく図々しかった。それが分っておりながら、悦子は引掛かったのだ。だから今日も、眼で何か話し掛けて来るに違いない、と悦子は予想していた。井能がそういう態度に出れば、嘲笑してやろう、と思っていた。悦子はそういう期待を持っていたのである。井能を接待したのも、そんな復讐心のせいだったかもしれない。

期待を裏切られた悦子は、自分にも腹が立ち、針の先で相手を刺すような言葉を絶えず吐き出していた。

悦子は井能に、工藤敬子と結婚したのか、と訊いた。井能が否定すると、工藤敬子に呼び出された時は吃驚した、と告げた。

「いや、本当に申し訳ありません。工藤さんは一種の被害妄想狂でして、本当に御迷惑をお掛けしました。私の不徳の致すところです」

井能は沈痛な面持ちで頭を下げて詫びるのだった。

忠夫が、一体何の話だ？　と不思議そうに訊いた。井能は判決を受ける被告のように項垂れていた。何もかも諦めたように悄然としていた。悦子の前に居るのは、卑劣な手段で自分を弄んだかつての井能ではなかった。井能は蛇に睨まれた蛙のように怯えていた。悦子はとまどいながらも、井能の運命を自分が握っているのを知った。

「井能さんには、工藤さんという素敵な恋人が居たのよ、彼女本当に井能さんを愛していたようだわ、私、工藤さんに泣きつかれて困った、井能さんは、本当に女性に持てたから」

と悦子は曖昧に答えた。

忠夫は悦子と井能との関係に疑いを抱かなかった。結婚前に男性関係を持つのは矢張りふしだらだと思う、と悦子は忠夫と付合っている時いっていたのだ。だから忠夫は悦子の言葉に騙されて結婚したことになる。

忠夫は悦子をバージンだ、と信じていた。

だが悦子は、忠夫を騙したくて騙したのではない。もし誰にでも得意気に喋れる素敵な恋愛をしたのなら、悦子は忠夫に話していただろう。だが井能との関係は、口にするには、余りにも屈辱感が強過ぎた。

「井能君は、女子社員にも人気があるようだね、羨ましいよ」

と忠夫は笑いながらいった。

悦子はそんな忠夫が急にうとましく思えた。それに忠夫の言葉には本心が覗いていた。

井能はハンカチを出して額の汗を拭いた。そんなに照れなくても良いじゃないか、と忠夫は悦子を見た。なかなか好い男だろう、と忠夫の眼はいっていた。

あなたは騙されているのよ、総て芝居よ、と悦子は叫びたかった。

ただ、井能がどんな態度を取っても、井能との関係を忠夫に告白することはないだろう、と悦子は思った。そして井能は項垂れながらも、そんな悦子の気持を見抜いているようだった。

だからこそ、悦子の招待に応じたのである。


井能との再会は、忘れていた古疵に爪を立てたようなものだった。古疵は完全に癒えていなかった。数日間悦子は、井能に、そして忠夫に腹を立てた。ひょっとしたなら、井能から電話が掛かって来るのではないか、と心待ちにしている自分に気付き、自己嫌悪に襲われた。何も井能と会いたいのではなかった。

ただ井能に、自分の前で正座させ謝らせたかった。弁解の言葉も聞きたかった。

工藤敬子に呼び出され、さんざんののしられた後、悦子は井能と会っていなかった。

その当時井能は、二、三度工藤敬子のことについて話したい、自分のいい分を聞いてくれ、と電話を掛けて来たが、悦子は、あなたのような卑劣な男性とは、口をきくだけでも自分が穢れる、とヒステリックに電話を切ったのだ。

井能は悦子の怒りの凄まじさに恐れをなしたのか、電話を掛けて来なくなった。

それなのに、再会したからといって、井能の弁解を聞きたい、というのは少しおかしかった。あれから十年以上たっている。井能との関係など無視するのが当然なのだが、再会によって破られた古疵の痛みは取れなかった。あの恐縮し切った井能の態度が本物なら、一応、弁解なり、詫びに来るべきだ、と悦子は勝手な理屈をつけ、一人で腹を立てた。

忠夫が、井能のアラブ行を告げたのは、一月ほどたってからである。

「井能君としても、ここが腕の見せどころだな、僕は彼に期待している」

昨夜、忠夫は井能と飲んで来たようだった。忠夫はN銀行から今の会社に派遣された時、矢張り腕の見せどころだ、と張り切っていた。だが、現状は忠夫の思う通りに運んでいない。

悦子は冷たい顔で、失敗したらどうなるの？　と訊いた。

「別にどうなる、ということはないがな、井能君の評価は下がる、社の幹部連中の中には、井能君は僕にごまをすっている、と反感を抱いている者が多い、僕が銀行に戻ったなら、井能君の将来は暗いな、だから井能君としても、アラブ行に総てを賭けているんだ」

「商社を通して売れないようなものを、どうして売る積りかしら？」

「商社の場合、マージンが絡んで来るから、どうしても目先の利潤に走る、その点うちとしては、兎に角、一応結果を見て欲しいというわけだ、だから融通性のある契約を取り付けたい、製品には自信があるから、この契約を取り付けたら大成功だ、銀行も全面的にバックアップするし、この発表で株も騰(あが)るだろう」

忠夫の説明によると、今度開発された化学肥料は、これまで耕作不可能とされた不毛の荒野にも効力があるので、砂漠地帯の一部を耕作地にすることは、充分可能だ、というのであった。

「つまり、試しに使用してみて欲しい、というわけだよ、商社を通じて、こんな交渉をしていても、なかなか埒が明かない、だから井能君が直接行って、向うの大臣と会うわけだ」

「結果が失敗だったら、どうなるの？」

「駄目だったら駄目で仕方ない、何も百パーセント保証しているわけじゃない」

忠夫は、女は気が小さく、悪いことばかり気にする、といいたげだった。

素人の悦子には分らないが、悦子はこの計画自体にはったりめいたものを感じた。井能の発案だとすれば、何となく井能の性格が現われているような気がした。だが傾きかけた会社を立ち直らせるためには、このような商法も必要なのかもしれない。忠夫としては、何等かの成果をあげ、早く銀行に戻りたいに違いなかった。

その翌日、買物に東京に出た悦子は思い切って井能に電話した。名を告げると井能は吃驚したように、先夜は御馳走になった、と礼を述べた。井能の声は固くなっていた。

「主人からアラブ行のことを聞きましたわ、相変らずプロポーズ作戦がお上手なのね」

悦子は憤りを押え切れず皮肉な口調でいった。井能は、その件に関しては非常に誤解があるので、アラブから戻って来たなら、お詫びし、弁解する積りだった、と答えた。

「気の長い話なのね」

と悦子は頬を歪めた。

すると井能は慌てたように、今夜でも明日でも良い、といい直した。

「じゃ今夜にするわ」

悦子は答えてから、何故もっと余裕を持てないのだろう、と自分の気持が不思議だった。

その夜、悦子は井能と大手町のホテルのロビーで待ち合せた。この頃忠夫はよく酒を飲むので、余り家で夕食を摂らない。

悦子は十一歳になった長女に電話し、冷蔵庫にあるもので夕食を済ませるように命じた。

悦子と会った井能は低姿勢だった。

井能は懸命に弁解した。

井能が悦子にプロポーズしたのは騙すためではなく、本当に結婚したかったからだ、といった。工藤敬子とは確かに関係があったが、彼女には井能以外にもボーイフレンドが居た。だから井能は工藤敬子と結婚する積りなど全くなく、結婚を口にしたこともなかった。井能は悦子と結婚することを工藤敬子に告げた時も、彼女があんな行動を取るとは夢にも思っていなかった、と述べた。

「いや吃驚しましたよ、僕の方が工藤に騙されたんです、嫉妬心が強く、自分のことしか考えていない女だったんです、だから、あの事件の後、別れました、思い出すのも嫌な女です」

悦子は井能の弁解がどういうものか、大体予想していた。そして井能は、悦子が予想した通りのことを喋った。馬鹿馬鹿しいと思いながら、悦子は胸の中で膿んでいる腫物を針で刺されるような快感を覚えていた。悦子は井能を睨みながら、井能に、もっと工藤敬子の悪口をいえ、と足踏みしたい気持だった。

「口では嫌だといいながら、結構思い出しているんじゃないの？」

井能が一息つくと、悦子は井能の口を開かせるために、嘲笑を浮かべた。

井能は唾を飲み、待っていたように工藤敬子の悪口を続けるのだった。

工藤敬子は大学を卒業するとスチュワーデスになり、アメリカ人と結婚した。だが子供が生れたにも拘らず離婚し、一人で日本に戻って来た。そして銀座のバーでホステスとして勤め、三十も年齢の違うパトロンを持ち、今は深夜クラブを経営している、というのだった。虚栄に生きた女の典型的な見本だ、と井能は毒づいた。工藤敬子が水商売の世界に入ったことを知り、悦子の快感は益々強くなった。

悦子は井能に、工藤敬子と付合いがあるから、彼女の消息を知っているのだろう、と詰問した。井能は、とんでもない、とむきになった。日本に戻りホステスになった時、工藤敬子は、かつての知人に案内状を配って廻った。井能の友人を通して井能の消息を知り、案内状を送って来た、と弁解した。

「僕の友人というのが資産家の坊ちゃんでしてね、かつて工藤のボーイフレンドだった男なんです、そいつに連れられて時たま飲みに行く程度ですよ、彼女がパトロンを持ったことも、その友達から聞きました」

井能は一息つくと、窺うように悦子を見、ハンカチで顔を拭いた。

復讐心を満足させられた快感で、悦子の身体は汗ばみ、顔も赧らんでいた。

井能が先夜の御礼にホテルで食事を共にしたい、と切り出したのは、悦子がトイレに行きたいのを我慢していた時だった。

井能のアラブ行は新聞に載らなかったが、忠夫が派遣されている化学会社の株は三十円も騰った。業績が悪く百円台だった株が三十円も騰るというのは、大きな値上りである。忠夫は、社内にも活気が出て来た、と喜んでいる。

井能と食事をした時、井能は悦子に自分の会社の株を買っておくように勧めた。

悦子は井能に会ったことは忠夫に内緒にしていたが、それとなく、株のことを訊いてみた。忠夫は怪訝な顔で悦子を見、こういう情報は隠しておくことが出来ないので、騰るだろう、と他人事のようにいった。

それでは何故買わないのか、と悦子が質問すると、銀行から派遣された役員が、自社株を買うわけにはゆかない、道義に反する、というのだった。

悦子はふと忠夫らしくない、と思った。

十年以上も夫婦生活を共にしていると、夫がどういう性格なのか、大体見当がつく。悦子はよく、忠夫は何を考えて生きているのだろう、と不思議に思ったが、最近になって、忠夫の生きる目的が地位と金銭にあるのを悟るようになった。

株が騰ることが分っているのに買わない筈がない、と悦子は忠夫の言葉を疑った。忠夫が他人事のように答えたのも、おかしかった。

悦子は臍繰りを出して一万株買ったが、密かに銀行預金を調べてみた。一千万近くあった銀行預金は全部引き出されていた。引き出されたのは最近だった。

疑惑が深まり登記所に行って調べてみると驚いたことに、家も抵当に入っていた。抵当権を設定しているのは、田木商事になっている。

忠夫は株の資金を得るために、家を担保にしたのだろう。

悦子は詰問したいのを押え、暫く様子を見ることにした。

井能は自分のアラブ行は何れ新聞に載る、その時が、株の売り時だ、と悦子に忠告していた。井能のことが新聞に載ったのは、井能がアラブに行って二週間目だった。

悦子は持っていた株を売り、三十五万円儲けた。井能は相手国の大臣に会い、新しい化学肥料を、実験させることを承諾させたようであった。井能が忠告したように、悦子が売った日が、最高値で、株は翌日から下がり始めた。

株に関する限り、忠夫よりも井能の方が誠実だった。だからといって、悦子は井能を許したわけではなかった。

儲けた金は、慰謝料の一部に過ぎない、と悦子は自分にいい聞かせた。それに、井能を許してしまったら、井能を呼び出し、ちくりちくりと苛める理由がなくなる。

井能に対する憎しみは、これぐらいのことでは消えなかった。

井能が日本に戻って来てから三週間ほどたった。悦子が調べてみると、家の抵当権は消され、銀行預金も戻っていた。

だがその額は、引き出した時と同じだった。つまり忠夫は、悦子には内緒で、家を担保に入れ、銀行の金を引き出し、自社株を買い、大儲けしたに違いなかった。

どのぐらい儲けたか分らないが、百万や二百万ではないような気がする。

しかも儲けた金を懐に入れ、悦子に対しては、何喰わぬ顔をしているのだ。

悦子には、忠夫という人間が、またまた分らなくなった。亭主という仮面を被った見知らぬ男のような気さえした。

悦子は忠夫を甘く見過ぎていた自分に腹を立てた。儲けた金を何に使ったのか、と悦子は詰問したかった。だが忠夫が自社株を売買したという証拠はなかった。

忠夫のことだから、悦子に追及されても、のらりくらり、といい逃れるに違いなかった。悦子はそんな忠夫の背後に井能の存在を感じた。井能と組んで儲けたような気がする。

ひょっとしたら忠夫は井能に利用されたのではないだろうか、と悦子は二人の関係を疑い始めていた。忠夫の独断とは思えないのだ。悦子の判断では、忠夫よりも井能の方が矢張り悪人であった。

十一月中は比較的暖かい日が続いていたが、十二月に入ると木枯しが吹き、気温が下がった。山々の雪便りが目につき始めた。高台の傍の小さな池も凍り、池に散った落葉も凍っていた。

悦子が井能に電話し、東京で会ったのは十二月初旬の土曜日だった。

悦子はブーツをはき、白いタートルネックのセーターの上にスエードのベストを着た。おしゃれ眼鏡を掛け、金鎖のアクセサリーを胸に垂らした。入念に化粧し鏡で見ると三十前後に見えた。スエードのコートを着た悦子は、自分が二十代に戻ったような気がした。どんな風に井能を詰問してやろうか、と思うと、それだけで気持が弾み、舗道を踏むブーツにも力が入った。

忠夫の会社は、月二回土曜日が休みだった。その日は第一土曜日で休日だったのだ。忠夫は朝早くからゴルフバッグをさげて出ていった。銀行の幹部達とゴルフをする、という。だが悦子はもう、そんな忠夫の言葉を信じてはいなかった。

ホテルのロビーで待ち合せたのだが、井能は車を運転して来ていた。日本の車だが一九〇〇ccのニューモデルだった。クッションは一寸した外車に負けないほど素晴しかった。

最近買ったことは間違いなかった。

何処（どこ）に行くの？　と悦子が質問したのは、二十分ほどたってからである。その間悦子は三本も煙草を喫っていた。井能が運転する車は千葉の方に向いつつあった。

「静かな料亭で、食事でもと思いまして」

　相変らず丁重な口調だったが、井能の態度には微妙な変化が生じていた。井能は前回会った時のように固くなっていなかった。馴れ馴れしいものがあった。悦子が呼び出した理由を、井能は知っているようだった。悦子はそんな井能に反撥した。

「井能さん、この車も、株で儲けて買ったんでしょう、会社は不景気だから、ボーナスもそんなに出ない筈だわ」

「僕はしがないサラリーマンです、そう苛めないで下さい」

　と井能はハンドルを持ちながら軽く頭を下げた。悦子は軽くあしらわれたような気がして、かっと腹を立てた。悦子にとって井能はどんな場所でも、自分に這いつくばって許しを請わなければならない男だった。

　悦子は指を慄わしながら四本目の煙草に火をつけた。思い切って煙草の煙を井能に吹きかけた。井能は微かに苦笑した。

「井能さん、私を馬鹿にしたら、承知しないわよ、確かに私は株で少し儲けたわ、だがそれぐらいで、私があなたを許したと思ったら大間違いよ、井能さん、あなたは何か勘違いしているんじゃないの？」

「とんでもありませんよ、それは誤解です、僕はあなたの御主人のおかげで部長になれたし、手腕を認められました、あなたは大恩人の奥様です」

「そういい方が気に喰わないのよ、私を舐めているわ、車を帰して頂戴、あなたと食事をする気持、なくなったわ」

「それは困りましたね、部屋は予約してあるんです、食事が嫌なら、今御主人が居られるところにお連れしましょうか、ゴルフから戻られた御主人は、今、麻布のマンションで、のんびりバスでも使っておられますよ、多分、奥様の御存知ない部屋だと思いますがね」

羊は仮面を剥ぎ、牙をむいた。

悦子は息が詰まった。血の気が顔からなくなり身体が固くなった。全く予想もしなかったことなので、返答のしようがなかった。

忠夫が悦子に内緒で、株を買った理由がはっきりした。女のためだったのだ。

悦子は唇を嚙んだ。ここで井能に醜態を見せるくらいなら、死んだ方が増しだ、と思った。

「分ったわ、やっぱりそうだったのね、今日はあなたから、そのことを訊く積りだったのよ、あなたがアラブに行っている間に佐倉は、家を担保に入れて株を買ったわ、そうだったのね、女のためにお金が必要になったのね」

「まあ、そういうことですよ、その女のことを、僕は詳しく知っています、食事でもしながらお話ししましょう、安心して下さい、僕は悦子さんの味方です、力になりますよ」

井能が悦子の手を握った。

余りのショックで動顛していた悦子は、井能の手を振り払う気力も起こらなかった。広い庭を持ったその割烹料亭には、離れ部屋が幾つもあった。悦子は周囲を気にしながら歩いた。何となく普通の料亭ではないように思えたからだ。だがそれは悦子の思い過しだったようだ。八畳の和室には、大きなテーブルが置かれているだけで、寝具は敷かれていなかった。

悦子は完全に食欲を失っていた。そして悦子は井能に勧められるままに酒を飲んだ。酒でも飲まなければ、井能と向い合っておれなかった。

井能の話によると、忠夫の女は銀座のクラブのホステスだった。井能が案内した店で忠夫は知り合ったのだ。モデル上りというその女は、容色もプロポーションも群を抜いていた。最近は、銀座でも、美人のホステスは少なくなっているらしい。

忠夫は遊び慣れていなかった。パトロンと別れたばかりの彼女は、そんな忠夫に目をつけたのだ。井能は、忠夫が彼女のような派手な女に溺れるとは思っていなかった。

二人の関係を知った井能は何度か忠告したが、一度女に溺れた忠夫には何をいっても無駄であった。

「佐倉さんは、これまで余りにも真面目過ぎた、だから一度溺れると抑制が利かなくなる、はっきりいって、僕のアラブ行は佐倉さんの発案ですよ、実際大変なことを考え出したもんです、佐倉さんは、自社株で一儲けするために、僕をアラブに行かせた、勿論、僕にもチャンスです、僕も結構儲けました、だけど、帰って来て吃驚したなあ、佐倉さんは彼女のために二千万も出しマンションを買ってやったんです、はっきりいって、このことが公になると、佐倉さんは終りです、銀行の派遣重役が、会社の材料をネタにして自社株の売買で儲けたんですからね、これは法律違反なんですよ、役員が自社株を売買して儲けることはよくあります、だが、佐倉さんの場合、致命的なのは派遣重役、ということですよ、うちの社の人間じゃない、だから庇いようがない、うちの社長なんかは佐倉さんに敵意を抱いていますからね……」

井能の顔がだんだん小さくなり、声が遠くなった。気がつくと、悦子は井能に抱かれていた。悦子は井能の腕の中から逃れようとして踠いた。料理を運んで来たのだろう、女中の足音が近づいた。

声を出さねばならない、と悦子は思った。

だが好奇心に満ちた女中の顔を想像すると、声が出なかった。

「お願い、やめて、女中さんが来ます」

悦子は哀願した。

「料理はそこに置いててくれ給え」

井能は慣れた口調でいった。

女中は料理を上り框に置くと、身をすくめて戻っていった。

それでも悦子は抵抗した。悦子が抵抗をやめたのは、井能に、まだ君を愛している、といわれたからだった。ひょっとすると悦子は、身体を許す口実を求めていたのかもしれない。

何時の間にか、井能に対する復讐心は、忠夫への復讐心に変っていた。暖かいガスストーブの前で、悦子はあられもない姿を晒していた。

井能と会っているうちに、何時かこうなるであろうことを、悦子は予想していた。だからしつこく、井能を呼び出したのである。

年が明けたが、井能からは一向に電話が掛かって来ない。井能はまた電話するといって別れたのだ。

悦子は何度か井能に電話しようと思ったが出来なかった。何故なら今度は、立場が逆になっていたからだ。命令出来るのは井能で、悦子ではなかった。

忠夫の自社株売買が銀行に知れ、化学会社の重役の地位を剝奪されたのは、二月の末、人事異動期の前であった。

忠夫はエリートコースから転落し、東北の小さな町の支店長に左遷された。

忠夫と悦子は、忠夫が東北に発つ前夜も離婚話でののしり合っていた。いや、ののしり合うというより、悦子だけが一方的に喚いていた。

その頃、麻布のマンションの豪華なダブルベッドの上で、忠夫の恋人であった津村由紀と井能は悦楽の余韻を味わいながら、抱き合っていた。

「あなたって、本当に悪ねえ、由紀、あの人が一寸気の毒になったわ」

由紀は濡れた唇を井能の乳首に押しつけた。

「くすぐったいぜ、やめろよ、俺が悪だって、冗談じゃないよ、あの女房が悪いんだ、生意気に、俺をいたぶろうとしやがって、俺は昔から女に頭を下げるのが嫌いなんだ、だいたい、あのカップルは似合いなんだよ、二人共、余計なことを考えなければ、俺だって、お前に頼んだりはしない、佐倉も、あの女房も、浮気出来る柄じゃないんだ、奴等の悲劇は、己れを知らない、というところにあったんだよ」

井能は目を細めながら、煙草の煙を眺めた。

佐倉を追放するための台本を書き、役者を揃え、演出したのも井能だった。

「井能君、よくやったぞ、君は忠臣だ」

社長の松谷の嗄れ声と象のような顔を、井能は快い疲労感の中で思い出していた。

霧の顔

昨日は三十度近かったのに、今日は十五度に気温が下がった。七月一日のコペンハーゲンの気候はそんなものだ。昨日は半袖で歩いていた人々も、今日はセーターなどを着ている。

俺は中央駅近くの安ホテルに泊った。一泊百三十クローネである。一昨年までデンマーククローネは四十五円ぐらいだったが、今年になってから四十円を割っている。だから百三十クローネといえば約五千円である。安ホテルの中ではハイクラスであろう。俺は一昨日、パリからコペンハーゲンにやって来た。珍しくコペンハーゲンで、ヨーロッパのファッションショーとパーティーが行なわれたのである。この種の催しは大抵パリで行なわれる。だから、コペンハーゲンで開催されるなんて本当に珍しいのだ。

俺はフリーのカメラマンである。ヨーロッパの様々な風俗を撮り、ウイークマガジンや、日本の週刊誌などに買って貰う。普通の写真は、なかなか採用してくれない。だから時には危険な場所にもぐり込んだり、有名なモデルにコネをつけ、頼み込んで撮らして貰うのだ。

俺は久し振りにコペンハーゲンに来て、ポルノショップ街を歩き、星の数ほどあるポルノ雑誌を調べてみた。内容は二、三年前と変っていないが、驚いたのは、ポルノ雑誌のモデル達が素晴しい美人揃いだ、ということだった。如何にもプロといった感じの女性は殆ど居ない。

なかには、ハリウッドのプロデューサーが、本気でスカウトしてもおかしくない、魅力的な女性が、堂々と女性の秘部をさらけ出している。つまり、これまでのようなプロ的なポルノモデルでは、客達が好奇心をそそられなくなったからであろう。

俺はヨーロッパから集まった白痴的なファッションモデル達よりも、ポルノ雑誌のモデルに、魅力を感じた。

是非写真を撮りたいと思い、コペンハーゲンのモデルクラブのマネージャーに話を持ち込んだ。

俺の名前は斎藤龍、こういう世界ではいささか名前が売れている。俺はポルノ雑誌を三冊ほど買い、俺が狙った三人ほどのモデルに話をつけてくれるよう頼んだ。

だが三人のうち二人は、バカンスで旅行中だ、という。もう一人はスウェーデン人だが、今はストックホルムの実家に戻って居なかった。彼はポルノ雑誌に登場している乳房の大きいグラマーを指差して、彼女ならコペンハーゲンに居る、という。

「撮影だけなら八百クローネ、ベッドイン付だと千五百クローネ、というところかな」

髭を生やして、如何にも芸術家といった顔のマネージャーは、にやにや笑いながらいった。二割ぐらい手数料を取る積りらしい。

俺は乳房の大きいグラマーなどには全く興味がなかった。それにモデル代が余りにも高過ぎる。腹が立った俺は彼に、この程度のモデルなら、食事だけで充分だ、といってやった。

「もう直ぐ、日本から政治家連中が続々とやって来る、奴等に紹介してやれば良い」

俺の怒った顔を見ると、マネージャーは肩をすくめ、真剣な顔で、その時は是非紹介して欲しい、といった。

「ああ、俺がここに居る間に、彼等が来たならな」

「本当に頼むぜ龍、彼等は幾らぐらい払うだろう?」

「日本の政治家は大金持ちだ、娼婦ではなく、ハイクラスのモデルだといってやれば良い、二千五百クローネぐらい出すんじゃないかね」

二千五百クローネといえば十万円である。

髭のマネージャーは大喜びで、是非頼む、と俺の手を握った。思わず、痛い、と悲鳴をあげそうになったほど強い力だった。

俺は残念ながら、政治家は知らない。日本を脱出し、ヨーロッパをうろついているフリーのカメラマンである。政治家など知る筈はなかった。

ヨーロッパから集まったモデル達は、一流ホテルに泊っている。

ホテルを出た俺は、中央駅の近くの売店で、ハムサンドを食べコーヒーを飲んだ。売店の傍にはヒッピー風の若者が地面に坐り込んでいる。大きな深呼吸をした途端、俺はファッションショーに行く興味を失った。

パリの雑誌社から旅費を貰っているわけではない。それに俺が撮った写真を買い取ってくれる、という保証もなかった。

もっと他のテーマを探そうと思い、俺はカメラをぶら提げて歩き廻った。だが一日中歩いたが、シャッターを押したいような対象物には出会わなかった。

中央駅近くの安いレストランに向った。

途中俺は笑ってしまった。日本人目当ての女達が集まるクラブKの傍にスキヤキレストランが出来ているからだった。クラブKに集まる娼婦達は、コペンハーゲンでもハイクラスで、日本人の間でも評判が良い。海外旅行案内書に良く紹介されている。それにしても、その隣にスキヤキレストランを開店した商魂には、恐れ入った。まさに、エコノミックアニマルといわれている日本人的発想である。

コペンハーゲンに駐在している商社マン達は、取引相手を、スキヤキレストランに招待し、思い切り肉を食べさせ、隣のクラブKに連れて行って、女を宛（あてが）おうという作戦だろうか。

俺はスキヤキレストランを見て、ひょっとしたら、この店の経営権は商社が握っているのではないか、と想像したほどだ。

間違っていたなら許して貰いたい。

俺が辿り着いた安レストランは、クラブKがある通りの北側の通りにあった。石の階段を下りると、右側がカウンターになっていて、地元の人々が酒を飲んでいる。左側がテーブル席で食事が出来る。

テーブル席では、ジーパンの若い女性が二人、食事をしていた。俺の勘では女子大生らしいが、ビールの飲み方が豪快だった。

右手でカップを持って、流し込むように飲む。こういう光景を撮ったなら面白い写真になる。だが撮って良いか、と許可を求めたなら、彼女達の自然の動作が消えて、無意味な写真になる。俺のカメラは長年愛用しているやつで、隠し撮りが出来るほど小さくはない。俺はスモークサーモン、ステーキ、サラダを注文した。一日中歩き廻り空腹だったので、皮のようなステーキもなかなか旨かった。食事の後ビールを飲み、煙草を喫いながら、これからどうしようか、と思案した。持ち金は二千クローネほどしかない。帰りの飛行機代や、ホテル代のことを考えたなら、無駄遣いは出来ない。

時間はまだ午後七時だった。この季節のコペンハーゲンは九時頃まで明るい。俺はシャワーを浴びるために、一先ずホテルに戻ることにした。愛用のカメラをベッドに置いた時、俺はカメラが泣いているような気がした。

今日は全然カメラを使っていない。

俺が日本を出たのは十年前、二十五歳の時だった。私大の文学部に在学中、次第にカメラに魅せられるようになった。

大学を出てから出版社の写真部に入ったが、先輩のカメラマンと大喧嘩をし、退社したのだ。原因は、今考えれば実にくだらないことである。

七月号の雑誌で、今年の夏の楽しみ方、というようなテーマで、グラビアを数頁掲載することになった。当然、山や海、空にモデルを連れて行く。そのモデルの中に、一人白痴的なグラマーが居た。一夜だけの遊びの積りで抱いたなら値打ちのある女かもしれないが、貴重なグラビアに掲載するような女ではない。

俺が、白痴のようなモデルは必要ではない、とチーフカメラマンに意見を述べると、海にもぐらせて撮れば面白いんだよ、と一喝された。尻の青い新米カメラマンのくせに、何をいうか、という態度だった。他のカメラマンは白けた顔をしている。ところが撮影に入って知ったのだが、チーフカメラマンの本当の目的は、彼女に夜の相手をさせることだったのだ。俺は憤り、あんたは堕落している、と怒鳴った。ところがチーフカメラマンは、俺以上に激怒し、俺に東京に戻るように命じた。つまり、俺はグラビアの撮影から外されたわけである。

俺は馬鹿馬鹿しくなり、暫くして出版社を辞め、日本を飛び出したのだ。

今考えると、あんなにむきにならなくても良かった、と反省している。

白痴のグラマーが、シュノーケルをつけてもぐっているグラビアには、幻想的なエロチシズムが漂っていた。チーフカメラマンだけに、腕だけは確かだったのだ。

あれから十年、俺はヨーロッパのあらゆる場所を撮った。俺の名が、知られているのは、俺の技術よりも、度胸のせいかもしれない。ベトナム戦争の第一線で生命を張ったカメラマンは多い。だが、マルセーユの暗黒街にもぐり込み、生命を張るような馬鹿なカメラマンは、俺しか居ない。

　隣室で男女の喚き声が聞えたので、俺は眼を覚した。喚き声だけではない、格闘しているようだった。白人のセックスには、日本人が想像出来ないような凄まじいものがある。

　毛布を頭まで被ろうとして、俺は反射的にベッドから飛び下りた。

　女はフランス語で救けを求めていた。俺は大急ぎでズボンをはくと隣室のドアをノックした。

　俺の勘は間違っていなかった。ノックの音を聞いた女は、金切り声で、救けて！　と叫んだ。俺は思い切りドアに体当りした。

　こういう安ホテルのドアの鍵はもろい。

　俺は床の上で全裸の男女が絡み合っているのを見た。男は五十を過ぎている。ビア樽のように太った身体で、痩せた女の上に乗り掛っていた。多分擲られたに違いない。

　女の顔は腫れ上っていた。

「俺はこの女を買ったんだ、五百ドルも出したんだぞ」

　と男は英語で怒鳴ったが、突然の闖入者に、眼鏡を掛けた男の顔は怯えていた。

「まあどいてやれ、五百ドル出したからといって、何をしても良い、というもんじゃない」

　俺の眼の殺気を見て、男は渋々女の身体から離れた。女は大急ぎでパンティをはくと、ソファの上のハンドバッグ、ベージュ色のワンピース、それに靴まで持って廊下に飛び出して来た。この部屋から逃げ出したい一心からだろう。

　俺は彼女を俺の部屋に入れた。

　身長は一六〇糎ぐらいで、痩せたブロンドの女である。女はソファに坐ると、身を縮めて俺を眺めていた。

「パリから来たんだな？」

　と俺はフランス語でいった。

　男に抓られたらしく、女の身体は痣だらけだった。女は何度も口を鳴らした。舌打ちするような音だが、多分、擲られて歯がぐらついているのかもしれない。

「心配しなくても良い、俺はファッションショーを撮りに来たカメラマンだ、そうか、ショーのあることを知っていて、稼ぎに来たんだな」

　女は相変らず、俺を見詰めたまま返事をしない。俺はバスルームに行き、タオルを冷水で絞った。

「これで顔を冷やすんだ、鏡で見て来い、その顔じゃ、昼日中、歩けないぞ」

　俺はベッドに横になったまま、苛々と煙草を喫った。客に擲られ、怯えてしまったのか、女は俺に対して、口をきかない。

一時間ぐらいたっただろうか、女はバスルームに行った。彼女はそこで、自分の顔がどんなになっているか、知ったようだ。

女にとって、それはショックだったに違いない。女は漸く話し始めた。

女の名はメリー・ジルミー、娼婦ではなくマヌカンだ、という。そういえば、ジルミーのベージュ色の服はシルクで、娼婦が着るようなものではなかった。痩せた身体もマヌカンらしい。

ジルミーは、コペンハーゲンで開催されたファッションショーのために来たのだが、舞台には出られなかった。彼女は予備軍だったのである。こういう場合は、欠員があったら舞台に出られるが、そうでない場合は、何の仕事もない。その上、交通費、ホテル代など自費で、ジルミーが所属しているクラブは、ジルミーに対して一銭も出さない。

結局、ジルミーはショーに出られなかった。

「だからお金に困ったの、ホテルのティールームで、帰ろうかどうしようか、と迷っていると、あの男が声を掛けて来たの、一見紳士らしいし、あんな変態と思わなかったわ」

男の態度が一変したのは、ジルミーを抱いてからだった。抱きながら抓り始めた。痩せたジルミーは、太った男に押えつけられ、身動きが取れない。ジルミーが悲鳴をあげると、男は擲り始めたのだった。

「本気で擲るのよ」

ジルミーは訴えるようにいうと泣き始めた。俺にはジルミーが可憐な女に見えて来た。だがジルミーは明らかに嘘をついている。

予備軍としてやって来た、といったが、本当の予備軍ではない。押し掛けの補欠候補なのである。クラブが指名した補欠候補なら、当然、ホテル代や交通費はクラブが払う筈だ。だが、マヌカン達の世界も競争は熾烈である。万が一のチャンスを狙い、自費でやって来るマヌカン達も居るのだ。そしてジルミーは間違いなくその一人だった。そういう連中は、旅先のことは考えない。いざとなったら、身体を売れば良い、と思っているからだ。

ジルミーは、客を取ったのは初めてのことのようにいっているが、嘘にきまっている。

「隣の客だがね、Hホテルのティールームで知り合ったんだな、じゃ、Hホテルの泊り客かい？」

「そうらしいわ、だけど、奥さんと一緒なので、部屋には連れて行けないといったの」

「それで、こんな安ホテルに連れ込まれたというわけか……」

もし客のいうことが本当なら、もうあの男は隣の部屋には居ない筈であった。俺はドアを開けてみた。隣室のドアは開いている。

覗いてみたが、案の定、部屋は空だった。俺達が話し合っている間に、足音をしのばせてホテルを出たに違いない。こういうホテルは総て前金だから、泊り代を受け取ったフロントマンは、客が何時帰ろうと気にしない。

フロントマンにとって大切なのは、客が入って来た時である。

「ジルミー、隣のお客は逃げたらしいぜ、酷い目に遭ったが、その腫れなら、二、三日で治るだろう、五百ドルも貰ったんだから、諦めるんだな、バスでも使って、このベッドで眠れよ、心配するな、俺はもう起きる、そろそろ夜も白み始めて来た」

俺は窓のカーテンを開けて外を覗いた。

北欧の夜は短い。この季節では、午前三時を過ぎると、夜が白み始める。筋向いのホテルやバーのネオンも消え、街灯に霧が漂っていた。色の褪せた煉瓦の建物が土色に見える。

最後まで、客を摑もうと粘っていた女達も、諦めたらしく酒場から出て来た。彼女達は大抵リビングカーと呼ばれているフィアットやルノーで通勤しているのだ。だが、まだまだ酒を飲ませる店はあった。ディスコもあるし、俺達のような風来坊向きの色気のない酒場もあった。

俺が服を着、カメラを持つと、ソファに縮んでいたジルミーが気が付いたように胸を押えた。二流か三流か知らないが、マヌカンであることだけは間違いないらしい。

「何処に行くの、何時、戻って来るの？」

ジルミーの腕は細かった。俺はやっとジルミーに欲望を覚えた。

「一杯飲んで来る、店が開くのは十時だから、塗り薬と繃帯を買って来てやろう、十一時までには戻るよ」

「ネッカチーフもね」

とジルミーはいった。

まさか、俺のスーツケースを持って逃げたりするほど悪い女ではないだろう。それに、スーツケースに入っているのは、ジャンパーと下着ぐらいのものだ。

数年前、マルセーユの安ホテルで、同じような事件に遭遇したことがあった。俺が部屋に入った途端、裸の女が飛び込んで来た。胸を刃物で切られたらしく、女の胸は血だらけだった。垂れ下がった女の乳房から、血がしたたり落ちていた。ドアを閉める暇もなかった。ナイフを持った入墨男が侵入して来たのだ。カメラしか持っていない俺は、どうすることも出来なかった。男は俺を無視し、泣き喚く女を廊下に引きずり出した。

ホテルには大勢の客が泊っていたが、女を救けようとした者は居なかった。

女はそのホテルの廊下で殺された。犯人は船員で女は娼婦だった。金銭のもつれが原因で殺害したらしい。犯人が乗っていたギリシャの大きな貨物船は、俺の部屋の窓から眺められた。

俺が殺された女のためにしたことといえば、ナイフを振りあげている犯人の姿をカメラにおさめたことである。犯人の二の腕の薔薇（ばら）の入墨が犯人逮捕のきっかけになったのである。俺の写真はマルセーユの夕刊紙に掲載された。謝礼は百フランだった。

俺はカメラボックスを肩にかつぐと、ジルミーにいった。

「安心して眠るんだ、ネッカチーフは間違いなく買って来てやるからな」

ホテルを出た俺は、近くの酒場に行った。

善良そうな顔をしたマスターに訊くと、五時まで営業している、という。ウイスキーを六杯飲むと猛烈に眠くなって来た。俺の唯一の取り柄は、どんな時でも、どんな場所でも眠れる、ということである。俺は中央駅まで歩き、まだ営業していない売店の傍に腰を下ろした。太腿の間にカメラボックスを置き、脚を投げ出し壁にもたれると、俺は三時間ほど熟睡した。

ダウンタウンに行き、塗り薬、繃帯、ネッカチーフを買った俺は、ホテルに向って歩いた。ジルミーがまだ俺の部屋に居るかどうか、俺には疑問だった。

眼を覚した途端、慌(あわ)ててホテルを飛び出しているかもしれない。だが、それならそれで良い。俺は今、別にすることがないから、自分の思った通りのことをしているだけなのだ。ジルミーは魅力的だが、彼女がすれっからしの街娼だったとしても、俺は同じ行動を取っているだろう。

それは俺の性格でもあるし、ヨーロッパで生きて行く上での生活手段でもある。

日本人は、救けて貰うと恩を感じるが、白人は、借りが出来た、と思うらしい。感謝の気持はそんなに違わないだろうが、恩というのは情緒的で、借りというのは合理的だ。日本人は恩を返すが、白人も借りは払ってくれる。

勿論、日本人だろうと白人だろうと、受けた恩や借りを、けろっと忘れてしまう連中は多い。

俺がホテルに戻ったのは十一時過ぎだった。フロントマンが俺に、隣のドアの鍵が壊れているが、何かあったのか？　と訊いた。

「夜中に暴れていたぜ、あんたが泊めた客はレスラーじゃなかったのか？」

俺がにやっと笑うと、フロントマンは肩をすくめた。俺はドアの鍵を開けた。服を着たジルミーはソファに坐っていた。

大きなおしゃれ眼鏡のおかげで右眼の下の痣は隠れているが、頬は青黝くなっている。腫れはかなり引いていた。

「ネッカチーフ、買って来てくれた？」

ジルミーは待ち兼ねていたように立ち上った。俺からネッカチーフを受け取ると、ジルミーはバスルームの鏡を見ながら、顔に巻いた。おしゃれ眼鏡とネッカチーフのおかげで、擲られた跡は殆ど分らない。

「有難う、ネッカチーフ幾らだった？」

「五十クローネだよ、薬と繃帯で七十クローネ」

ジルミーはハンドバッグから、十クローネ札を七枚出した。

「これからどうするんだい？」

ジルミーがこのホテルを出たがっているのは明らかだった。

「Hホテルに戻るわ、部屋にスーツケースを置いてあるの、それにおなか空いたし、あなたにはお世話になったわ、ねえ、一緒にお食事しない、お礼に御馳走するわ」

「君を擲った男は、まだHホテルに居るんじゃないかね」

「朝早く出てるわよ」

ジルミーは確信有り気にいった。


俺とジルミーは中央駅近くのレストランで食事をした。ネッカチーフのせいで、顔が小さく見えた。華奢な身体に似合う顔であった。それにしても、先ずショーに出られない、と分っていながらコペンハーゲンまでやって来たのは、大変な度胸である。何とかして、名を売りたい、と必死なのだろう。

俺はジルミーの、小さな乳房に似合わない大きな乳暈を思い浮かべた。

もう、身体なんか売るんじゃないぜ、といってやりたかった。

そのレストランでジルミーは俺に、何処に住んでいるのか？　と訊いた。俺は、カルチエ・ラタンの安アパルトマンの住所を書いて渡した。電話番号も書いた。

ジルミーは眼を見張った。

「それでフランス語が上手なのね」

「パリに来て十年になる、君の友達のカメラマンに訊いてみろ、俺の名を知っている奴が居るかもしれないぜ」

途端にジルミーは落ち着きを失った。

ジルミーは、今、俺がカメラマンなのを知ったのだ。普通なら、もっと早く気付く筈だが、気が動顚していて分らなかったのであろう。それに俺は日本人である。

「ジャポネのカメラマンが、パリに居ることを知らなかったのかい？」

俺が微笑しながらいうと、ジルミーは素直に頷いた。ジルミーのフォークからグリンピースが転がり落ちた。

「心配するなよ、昨夜のことは誰にも喋らない、暇な時、電話でも掛けて来てくれよ、素敵なディスコを知っているんだ、シャンゼリゼの近くだぜ」

ジルミーはそのディスコを知らなかった。

会員制のディスコだし、若者達の狂騒で頭が痛くなるような店ではない。青山や六本木にある深夜クラブ、といった感じの店だ。

ギャルソンの一人が日本人でギターを弾き語りする。南高志というその若者は、俺の好きな日本のムード歌謡を歌ってくれる。

歌の題名は俺自身の生活と余りにも掛け離れているので、恥ずかしくていえない。

男と女の甘っちょろい歌である。

だがその歌を聴いた時、俺は涙が出そうな気がした。矢張り俺も、心の何処かで、俺が背を向けたセンチメンタルな日本の風土に憧れを抱いているのかもしれない。

ジルミーは午後五時発の飛行機でパリに戻るといっていたにも拘らず、今からドイツかオランダに飛び、俺と一泊したい、といい出した。

俺がパリ在住のカメラマンと知った途端、昨夜の借りを返す気になったらしい。

「だって、リュウ、こんな顔でパリに戻れないわ、そうでしょう?」

「そりゃそうだ、ジルミーは顔が売り物のマヌカンだからな、じゃ早速空港に行こう、ドイツかオランダ行なら、間違いなく空席があるよ」

「待ってよ、ジルミーはおなかが空いているのよ、分るでしょう」

ジルミーは嬉しそうにいうと大きな馬鈴薯(ばれいしょ)にフォークを刺した。

俺とジルミーはアムステルダムに飛び、運河の傍のホテルに泊った。飛行機の中でも、タクシーに乗っても、ジルミーはネッカチーフで顔を隠していた。部屋の中でもそうだった。ジルミーがネッカチーフを取ったのは、明りを消した部屋の中で、ベッドに入ってからだった。俺が思っていた以上に、ジルミーは可憐な女だった。

俺達はそのホテルに二日居た。二人で遊覧船に乗り、黄昏(たそがれ)の運河からアムステルダムの街を見物した時以外、俺達はホテルの部屋に籠っていた。俺はジルミーをカメラにおさめたかったが、ジルミーは、こんな顔では嫌だという。ネッカチーフとおしゃれ眼鏡で、顔の腫れも、痣も殆ど分らないのに、ジルミーはカメラを拒否した。

カメラに撮られると誤魔化しが利かない、という。マヌカンに取って顔は生命だ。

ジルミーの隙(すき)を見付けて撮れないことはなかったが、俺はジルミーの気持を尊重した。

俺はジルミーに惚れそうな気がした。

だがその度に俺は、ジルミーは俺に借りを返しているんだ、といい聞かせた。

俺はジルミーのような女を何人か知っている。ベッドの上で燃え、あなたが好きよ、と情の有る眼を向けても、いったん別れると、彼女達は別の男とベッドを共にしているのだ。そういう経験から俺は、どんな女とも、セックスフレンドの限界を越えないようにしている。パリには、そういうセックスフレンドが何人か居た。

三日目になると、ジルミーの顔の腫れは完全に引き、痣も薄くなった。

いよいよパリに発つ日だった。

俺の身体にはジルミーの体臭が染み込んでいるようである。

ジルミーは、レストランに行く時、漸くネッカチーフを取った。何度も鏡を見ては、もう大丈夫か？　と俺に訊いた。

「心配しなくても良い、全然分らないよ」

と俺は大きく頷いてみせた。

おしゃれ眼鏡のせいで、痣も消えていた。俺達は腕を組んでレストランに行った。俺は初めて、ジルミーの電話番号を訊いた。

「お友達と一緒なの」

とジルミーは俺を見た。

ジルミーの表情は、舞台の上に立ったマヌカンのようであった。微笑を浮かべては居るが、その微笑は俺に対してではなく、何処か遠くに向けられているような気がした。

ジルミーは俺に、電話番号を教えたくないようだった。

「そうか、電話を掛けちゃ、具合悪いんだな、いや構わないよ、俺の電話番号教えただろう、また、その気になったら、掛けて来てくれ」

「そんなことないわ、教えるわよ」

ジルミーは俺に、電話番号を告げた。

「メリー・ジルミーよ、忘れないでね」

「どうして、俺が君を忘れる」

俺は朝食の場で一寸品が悪い、と思ったが、人差指を鼻孔に当てて、匂いを嗅いだ。ジルミーも同じ真似をしたが、俺を見ると小首をかしげ、リュウはジャポネだから匂いがない、と低い声で呟くようにいった。

俺はジルミーと一緒にパリに戻る予定だったが、その日、イスラエルの大使館が襲撃される、という事件が起きたため、ジルミーだけ、一足先に帰国したのだ。

俺はパリの大衆紙に電話して、現場の写真を買って貰う約束を取りつけ、夕方の飛行機でパリに戻ったのである。

それから一ケ月たった。俺は馴染の雑誌社から、南仏の海で泳いでいる若い女達をグラビア用に撮って欲しい、と依頼された。勿論女達は現地調達のマヌカンで、全裸で泳ぐのである。俺は、パリから一人だけマヌカンを連れて行きたい、といった。

「そりゃ構わないがね、飛行機代は出さないぜ、彼女への支払いは、泊り料も込みで二百フランだ」

とグラビアのデスクは欠伸をしながら俺にいった。俺はふと、かつて勤めていた日本の出版社のチーフカメラマンを思い出し苦笑した。

実際、俺もあの当時は若かったものだ。だが、あの白痴的なグラマーのモデルよりも、ジルミーの方が間違いなく、数段上である。俺はそう思うことで自分に弁解した。

俺はジルミーのアパルトマンに電話した。若い女が電話に出たが、メリー・ジルミーという女性は知らない、という。

「前、住んでいた人じゃないかしら、兎に角知らないわ」

電話を切られた後、俺は矢張り嘘の電話番号だったか、と苦笑した。半ば予期していたことだが、一瞬胸の中を風が吹き流れて行くような気がした。

秋風が吹き始めた頃、俺はアフリカから戻って来た。白人のカメラマンが射殺されたほど危険な国だったので、俺は契約していた雑誌社から、かなりの謝礼を貰った。その謝礼に見合うだけの仕事を、俺はした積りである。

その晩俺は、グラビアのデスクと一緒に、シャンゼリゼの近くにあるディスコに行った。無性に、南高志の甘い歌が聴きたくなったのである。まだ時間が早く、客は少なかった。

フロアで数人の男女が踊っている。

席につき、飲物を注文してから、何気なくフロアを見た俺は、思わず息を呑んだ。おしゃれ眼鏡を掛け、ブロンドの長い髪をなびかせたジルミーが踊りに陶酔していた。

俺は南高志が飲物を運んで来た時、彼に、眼鏡を掛けて踊っている女は何者か？と訊いた。

「キャロルですか、この春潰れたヨーカーに出入りしていた女ですよ、昔はマヌカンだったらしいですが、今夜は一人で来ていますから、ここに呼びましょうか？」

「いや、昔知っていた女に似ていたので訊いたんだ、他人の空似というやつだよ」

俺はグラビアのデスクとコニャックのグラスを合せると、苦いコニャックを一息に飲んだ。デスクが、アフリカに行っている間に酒が強くなったな、といった。

「ああ、愉しみといえば、酒だけだったからな、仕方がないさ」

店内が暗いせいか、踊りに陶酔しているためか、メリー・ジルミーは俺に気付かない。それに陽焼けで、俺の顔は黒人に近かった。

ヨーカーというのは、政財界の大物や、著名俳優が集まる高級クラブだった。パリでも、ハイクラスの娼婦が集まるので有名だった。名前は聞いていたが、俺は一度も行ったことがなかった。

「ヨーカーは何故潰れたんだい？」

と俺はデスクに訊いた。

「スキャンダルの源（みなもと）だよ、政策的に潰したんだろう、だが、何れ（いず）名前を変えてオープンするよ、一体どうしたんだ、気に入った女でも居たのか？」

俺は首を横に振り、ジルミーを眺めていた。ジルミーの眼が時々、俺の方に向けられるが、彼女は矢張り気付いていないようだった。

「来たばかりで悪いが、別な店に行こう」

俺はデスクの返事も聞かないで店を出た。

嘘の電話番号を俺に教えたのは、ジルミーが俺に会いたくないからだ。

俺はジルミーの、その気持だけは尊重してやりたかったのである。

不満顔で出て来たデスクに俺はいった。

「どんな危険なところでも良いぜ、あんたが、明日行け、といえば飛んで行く、その代り今夜は思い切り飲もうじゃないか」

デスクは奇妙な眼で俺を見た。

何年付合っても、ジャポネというやつはどうも分らない、とデスクの眼はいっていた。

解説

小橋めぐみ

黒岩重吾は、かつて飛田に住んでいたころ、ひとり、残月を何度も見上げていた。その残月に、出会った男や女の魂を重ねていた。そんな姿が目に浮かんだ。八篇を読み終わった今、彼の孤独と、繊細な優しさが伝わってくる。

娼婦が出入りする旅館のおかみと、かつては旅芸人だった亭主、その亭主の昔の女であり、顔に痣がある娼婦の芳子。三者のからみを、「私」が見つめる『飛田残月』。愛憎の三角関係になるのかと思いきや、そんな単純なものではない。

酒のせいで身体が使いものにならなくなった亭主のそばで、おかみは芳子に客を取らせるようになる。それはおかみの、さんざん好き勝手にしてきた亭主への復讐だということは亭主も「私」も分かるのだが、分からないのは、芳子が亭主のいる旅館で働くことにした理由だった。

亭主は芳子の行く末を心配することで、男としての存在を示そうとする。そんな彼のなけなしのロマンに、芳子は唾を吐きかける。

「唾というのは、吐いた途端に飛び散るものである。ところが芳子が吐いた唾は水球になって飛び、見事に煙草の火に命中した。」

口の中の不純物を吐き出す日常と、その中で身に着けたであろう、煙草の火を唾で消すような技。生まれついての痣のせいで不幸な生い立ちだったが、愛した男の餌食になるたび、芳子は雑草のようにしぶとく、何度踏まれても立ち直り、生きてきた。顔の痣は弱みだが、一方で、男の興味を引く強みにもなることを今では知っている。また、その興味が一度きりで失せてしまうということまで分かっている。亭主が自分を心配するのは口先だけだということも見抜いている。かつて男に向けていた熱い眼差しは、冷静な眼差しとなって自分に向いているのだ。芳子の怒濤の告白は、「メタンガスを発生させる腐った沼の水のように、私の胸の底でよどんだ」が、この一節を読んだ私には、一服の強い清涼剤となって心の淀みが晴れるようだった。

このバイタリティがあれば、芳子はこれからも生き抜いてゆけるだろう。

「おかみさんも、私のことはよう知ってくれんのよ。だから、あの人の身体が動かんようになった時、私、おかみさんに頼んで、あの人の旅館で働いてやったんよ」と、芳子は言う。おかみと芳子は嫉妬しあうどころか、お互いの心情を水面下で分かっているのだ。

娼婦と旅館のおかみの結びつきや、女たちの義理や人情を、より一層鮮やかに描いているのが『雑草の宿』だ。

おかみである松江にとっての収入源は、娼婦が連れてくる客なので、松江は娼婦を大事にしている。ただ、金のためだけではなく、危ない客から娼婦の身を守ったり、時には説教をしたりと、保護者代わりをすることもある。そんな松江のもとだからこそ、娼婦たちは安心して仕事ができるのだ。

ある時、松江は特に可愛がっていた娼婦、浅子についた客の危なさを一目で見抜き、見事な差配で事なきを得るが、その客に惚れてしまった浅子は未練のせいか、おかみの悪口を娼婦たちの前で言って、袋叩きに遭う。お世話になっている松江を嘲るのが、みんな許せなかったのだ。「雑草の宿」というタイトルの通り、身を寄せ合い、過去を秘めながら、雑草のようにたくましく生きる女たちの姿に、胸が明るくなる。

また、悪い男であろうと、初対面であろうと、客に惚れてしまった浅子の女ごころにも、深く頷いてしまう。肌を合わせたもの同士でしか分かり合えない〝情〟があり、そのたった一度のために居場所を失ってしまった娼婦の姿も、また真実だと思う。

松江が「私」に向かって「あんたは、何か書いているようやけど、男と女のことは、いくつになっても分からん」と笑うが、同じ匂いのするような言葉を『事件の夜』に出てくるおかみも、「私」に向かって言う。

「分からんけど、分かりまっせ」と。

『事件の夜』は前の二つの物語より、約二十年後の、同じく飛田が舞台になっている。暴力団の抗争事件が起こり、組員が西成に潜伏していることに興味を持った「私」は、そこに住んでいたという郷愁も手伝い、久しぶりに飛田を訪れる。パトカーのサイレン音が日常で、抗争事件は労働者たちにとって、酒の肴。そんな街を歩いている時、中年の娼婦、幸子に声をかけられる。

この物語の凄みは、何といっても〝音〟にある。

「遊んで行けへん」と声をかけられたとき感じた、「この種の女にしては比較的」綺麗な声。

金を持ち逃げされないように警戒する「私」に対して鼻を鳴らした女の「年増の街娼らしい、すれっからしの音」。幸子の鼻を鳴らす小さな音に胸を衝かれるほど「私」は音に敏感になっている。そして極めつけは、指の骨を鳴らす音だ。

旅館に入っても幸子を抱こうとせず、取材だと嘘をついてなだめようとする「私」に対し、「やくざ達はね、私のようなおばあさんとは遊ばない」と言って、両手の拳を握り、指の骨を鳴らす。「消音銃が次々と発射されるようなその音」を聞いた瞬間、二十年の歳月が消え、幸子が、昔何度も抱いた、やくざの女ではないか、と、遠い記憶が蘇るのだ。

その女も、かつて指の骨を鳴らしたのだった。昔その女から見せられた、下腹部の入れ墨を今、目の前で確かめれば分かるのだが、「私」は確かめることはせず、抱くこともせず、姿を消す。優しさとやるせなさがない交ぜになった郷愁の夜に、パトカーのサイレン音が遠くで鳴る。

この、ぎりぎりのところで踏み込まない、暴こうとしない男は、最後の『霧の顔』にも登場する。

舞台は海を渡り、七月のヨーロッパ。

十年前に日本を離れ、ヨーロッパの風俗写真を撮っているフリーのカメラマンの「俺」は、安ホテルの隣室で、暴力を振るわれていたマヌカン（モデル）、メリー・ジルミーを助けたことで親しくなる。彼女はファッションショーに出る予備軍として白費でやってきたが、仕事を得られなかったため、身体を売ろうとしていた。二人は短い旅をして、数日を過ごす。彼はジルミーの顔を撮りたかったが、暴力の跡が残る顔では嫌だという。隙をみつけて撮れないこともなかったが、彼はジルミーの気持ちを尊重する。別れの日に彼女の電話番号を教えてもらうが、一か月後にかけたら別の女が出て、嘘の番号だったことを知る。

秋になる頃、偶然パリのディスコで、ジルミーが踊っているのを見かける。彼女は彼に気づかない。嘘の電話番号を教えたのは自分に会いたくないからだと思い、その気持ちを尊重しようと声をかけずに店を出る。

「尊重」という言葉が、この物語の中では二回も出てくる。なぜ、ジルミーをそこまで尊重したのか。その尊重が自然に映るのか。

それはジルミーが、自分の全部を賭けのテーブルの上にのせるようにして、国を出てきたからではないか。仕事があると保証されているわけではない。それでも万が一のチャンスを夢見て、自費でここまでやって来た、その覚悟。そしてその覚悟をもってしても選ばれることなく、娼婦として生きる道しか残されなかった現実。舞台の上で、ジルミーの踊る姿は、その時「俺」にとって、どんなマヌカンより儚（はかな）くも美しく、目に映ったのだろう。

声をかけずに見ている姿が最も忘れられない一篇は『木の芽の翳り』だ。

少女売春を取材する小説家の「私」は、その過程で一人の少女、令子に出会う。ディスコ代を稼ぐために売春をする令子だったが、問題のあった父親の死後、生まれ変わったように生き生きとした姿で妹とキャッチボールをする様子を「私」は見る。

家庭環境が変わったことで明るく、健全になった令子の姿を見て、「私」は「胸の中に溜まっていたどろどろした陰惨な思いが、太陽の光の中で消えて行くのを感じ」、詰問する気持ちが失せていく。

この八篇の中で唯一、夜ではなく、昼間の太陽の光が降り注ぐような眩しさがある。少女の本質と大人の責任というものを、その文学性でもって追及する一篇だと思う。

「生きることを悲しく思うとき、思い切り、生きたい」という、黒岩の言葉がある。

生きることを悲しく思うとき、私は力を失ってしまう。一歩が踏み出せなくなり、どんどん取り残されたような気持ちになる。そんな弱りきった時、この本に出会った。そこには、社会から零れ落ちた男と女の、業を背負いながらもひたむきに生きる姿があった。

読んでいるうちに、じわじわと、眠っていたものが起こされるようだった。煙草の火を唾で消す芳子に、泣きながら励まされた。

黒岩は、戦後の混沌の中で、病気のため三年間寝たきりになり、その間に全財産を失った。退院後、彼は釜ヶ崎や飛田界隈に住み、そこに生きる人々の哀歓をつぶさに観察した。

「私はここに身を落とすことによって、人生のどん底の洗礼を受け、再出発しようと決心した」と書いているが、この孤独な闘志があったからこそ、共感し、掬い取れた男女の心のひだが、あったのだろう。

夜を照らす役目を終えた月が、輝きを失ってもまだそこにあることの意味を、黒岩は、きっと知っていた。

希望がなくても絶望もない、ただ「生」を全うしようとする、その姿こそが尊いのだと、忘れずにいたい。

本書は一九八五年五月に中公文庫として刊行されました。

単行本：『飛田残月』中央公論社、一九八〇年三月刊。

本書の中には、人種・民族、職業、身体障碍などについて、現在では不適切な表現があります。しかし、作品の時代背景や執筆時期、また作者が故人であることを考慮し、原文通りとしました。

ちくま文庫

飛田残月（とびたざんげつ）

二〇二〇年八月十日　第一刷発行

著者　黒岩重吾（くろいわ・じゅうご）

発行者　喜入冬子

発行所　株式会社　筑摩書房
東京都台東区蔵前二―五―三　〒一一一―八七五五
電話番号　〇三―五六八七―二六〇一（代表）

装幀者　安野光雅

印刷所　明和印刷株式会社

製本所　株式会社積信堂

ISBN978-4-480-43687-0　C0193